ISABELLE HOLLAND

DER MANN OHNE GESICHT

Roman

Aus dem Englischen
von Ingeborg Andreas-Hoole

Deutsche Erstausgabe

WILHELM HEYNE VERLAG
MÜNCHEN

HEYNE ALLGEMEINE REIHE
Nr. 01/8942

Titel der Originalausgabe
THE MAN WITHOUT A FACE

Redaktion: Rainer-Michael Rahn

Printed in Germany 1993
Umschlagillustration: Photodesign Mall, Stuttgart
Umschlaggestaltung: Atelier Ingrid Schütz, München
Satz: (1704) IBV Satz- und Datentechnik GmbH, Berlin
Druck und Bindung: Presse-Druck Augsburg

ISBN 3-453-07386-X

1

In dem Sommer, als ich vierzehn war, lernte ich den Mann ohne Gesicht kennen. Jeder nannte ihn so, und es war offensichtlich, weshalb. Niemand war ganz sicher, wie es passiert war, doch hatte sich allgemein die Ansicht durchgesetzt, ein Autounfall mit Tankexplosion sei die Ursache gewesen. Einmal die Woche fuhr er mit seinem altehrwürdigen Automobil zum Einkaufen in das Dorf, in dessen Nähe unser Sommerhäuschen liegt; er stelzte in das Lebensmittelgeschäft, als ob er nicht wüßte, daß jeder in Sichtweite es sorgsam vermied, ihn anzuschauen.

In unserer ersten Ferienwoche wären wir beinahe mit ihm zusammengeprallt, als wir aus dem Laden kamen. Widerwillig hielt er meiner Mutter die Tür auf. Nicht etwa, daß er angeboten hätte, ihr auch nur eine der schweren Taschen voller Lebensmittel abzunehmen. Sobald wir draußen waren, schlug er die Tür hinter uns zu.

Meine Mutter verstaute die Taschen im Laderaum des Kombis. »Man sollte denken, er würde etwas dagegen unternehmen. Schließlich gibt es doch die plastische Chirurgie. Genau für solche Fälle. Nicht nur, damit sich Tante Tandy liften lassen kann.« Tante Tandy lieferte der Sommerkolonie ständigen Gesprächsstoff. Unfreundliche Menschen behaupteten, sie lasse ihr Gesicht so oft liften, daß die Chirurgen sie nicht mehr nähten, sondern mit einem Reißverschluß auf- und zuzögen.

»Grauenvoll«, sagte Gloria. Sie war mit ins Dorf gefahren, damit sie in der Eisdiele bei einem Diätsoda herumlungern konnte, falls der Gegenstand ihres augenblicklichen Interesses, auch als ›der unvergleichliche Percy‹ bekannt, zufällig aufkreuzen sollte. Gloria ist meine Schwester und einer der Hauptgründe, warum ich von zu Hause weg will. Und jetzt steckte ich mitten im schlimmsten Schlamassel, weil sie in letzter Minute ihre Entscheidung über den Haufen geworfen hatte.

Bis diesen Sommer war immer die Rede davon gewesen, daß Gloria, die fast siebzehn ist, ins Internat abdampfen wollte, weshalb ich mich nicht besonders anstrengte, um ins St. Matthew's College reinzukommen, in das ich nach alter Familientradition mit vierzehn hätte gehen sollen. Ohne Gloria wäre das Leben zu Hause erträglich gewesen. Aber dann schwenkte sie kurz vor Ende des Schuljahrs um und sagte, sie wolle im Herbst nun doch nicht ins Internat übersiedeln, und das, nachdem ich die Aufnahmeprüfung am St. Matthew's mehr oder weniger absichtlich geschmissen hatte. Als Mutter mir erzählte, daß Gloria zu Hause bleiben würde, wäre ich beinahe ausgerastet. »Ihr ganzes Leben lang wollte sie auf diese Scheißschule gehen«, sagte ich. »Ich habe mich voll darauf verlassen.«

»Jetzt will sie eben nicht mehr. Sie sagt, sie möchte lieber hierbleiben. Offen gesagt, Chuck, freue ich mich sehr darüber. Und es wäre keine so schlechte Idee, wenn du den Versuch machtest, mit ihr auszukommen. Sie ist älter und – machen wir uns nichts vor – gescheiter als du; und sie könnte dir in den Fächern, in denen du zu versagen scheinst, viel helfen.«

Takt war nicht eine von Mutters Stärken. Doch die Tatsache, daß Gloria bei jedem Intelligenztest sozusagen als genial eingestuft wurde (jedenfalls erzählte meine Mutter das ihren Freunden), ich dagegen als ziemlich mittelmäßig, störte mich nicht so sehr wie einige andere Dinge.

»Ich will keine Hilfe«, sagte ich, »nicht von Gloria.« Schnell zog ich ab, bevor ich das übliche Gerede zu hören bekam. Das war im Frühjahr gewesen. Jetzt war Sommer und immer noch keine Lösung in Sicht...

Mutter und ich fuhren zu unserem Häuschen zurück, die kurvige Küstenstraße entlang. Unsere Kolonie ist nicht groß genug, um mit einem Yachtclub aufwarten zu können, aber an einer Seite des Hafens steht ein weißes Holzhaus, das als eine Art Clubhaus für die Sommergäste dient, von denen die meisten ein kleines Boot der einen oder anderen Art haben. Ich dachte wie üblich über mein Problem nach.

»Ich muß ins St. Matthew's«, sagte ich nach einer Weile.

»Nun, du hast ja deine Chance gehabt und vertan. Du hast an der Aufnahmeprüfung teilgenommen und bist durchgerasselt. Wie willst du's denn jetzt noch schaffen?«

Ja, wie? Da hatte sie mich in die Enge getrieben, und wir wußten es beide.

Auf der Rückfahrt überfiel mich eine allgemeine Niedergeschlagenheit, und ich flüchtete mich in würdevolles Schweigen, jedenfalls hoffte ich, diesen Eindruck zu erwecken; ich guckte immer wieder in den Rückspiegel, um zu sehen, ob sie es bemerkte.

Meine Mutter ist sehr hübsch mit ihren lockigen Haaren, braunen Augen und ihrem herzförmigen Gesicht. Die Leute sagen, es gliche einer Kamee – was immer das auch sein mag. Gloria sieht aus wie sie, Meg auch, meine jüngere Schwester. Ich sehe wie mein Vater aus, mit blonden, glatten Haaren, irgendwie grünlichen Augen und einem dümmlichen Gesichtsausdruck, wie mein letzter Stiefvater, der Strubbel, zu bemerken beliebte. Allerdings erst nach seinem und Mutters Entschluß, sich scheiden zu lassen. Vorher hatte er versucht, sich bei mir anzubiedern. Kurz nach ihrer Trennung vor einem Jahr sagte Mutter, nachdem sie schon zwei Martinis gekippt und sich einen dritten eingegossen hatte, ich sei einer der Gründe für die Scheidung gewesen.

»Er kann wunderbar mit Jungs umgehen, Chuck. Mit allen außer dir. Die Jungen an der Uni mochten ihn. Er konnte auch dann noch mit ihnen reden, wenn die meisten anderen Erwachsenen nicht mehr zu ihnen durchdrangen. Und ich glaubte wirklich, er wäre prima für dich, weil du so dringend einen Vater brauchst. Aber wer an dich herankommen will, könnte genausogut versuchen, in Fort Knox einzubrechen. Keine Chance. Du sitzt einfach da mit diesem... diesem...« Sie versuchte, das Wort ›dumm‹ nicht in den Mund zu nehmen, weil einer meiner Schulpsychologen ihr gesagt hatte, sie sollte keine solchen Werturteile über mich fällen. Aber in diesem Moment war es um ihre Selbstbeherrschung nicht gerade bestens bestellt. »...diesem *dümmlichen* Ausdruck im Gesicht, Charles. Der beste Mann auf der Welt kann so etwas nur in gewissen Grenzen ertragen.«

Ich zuckte die Achseln. Das ist eines der Dinge, die ich wirklich gut gelernt habe. Es spart mir eine Menge Scherereien und bringt Mutter und Gloria auf die Palme.

»Laß das Achselzucken«, sagte Mutter, und ihre Stimme wurde lauter, wie immer, wenn sie ein paar Drinks intus hatte.

»Tut mir leid«, sagte ich und verließ das Zimmer, bevor sie mich groß anlabern konnte.

Dieser Wortwechsel hatte letztes Jahr stattgefunden, kurz bevor wir für den Sommer auf die Insel übersiedelten, und unmittelbar, nachdem mein Stiefvater sie davon in Kenntnis gesetzt hatte, er würde uns nicht begleiten, sondern nach Berkeley zurückfahren, um Sommerkurse zu geben, und wie es übrigens mit einer Scheidung wäre?

Danach trank Mutter etwas mehr, regte sich öfter über mich auf und stellte sich öfter auf Glorias Seite, wenn wir uns stritten. Ich habe mich oft über dieses ganze Gefasel von wegen Ödipus-Komplex gewundert, was da zwischen Mutter und Sohn ablaufen soll. Bei uns ist bestimmt nichts daraus geworden. Meine Mutter mag mich nicht. Das hat sie nie – jedenfalls, soweit ich mich zurückerinnern kann. Und ich mach' mir auch nicht viel aus ihr. Eigentlich habe ich mit Frauen jeglichen Alters nicht viel am Hut. Meg ist in Ordnung, weil sie noch klein und dick ist und Zahnspangen trägt und noch nicht versucht, mich mit Psychotricks zu gängeln. Sie ist elf. Aber sie ist weiblichen Geschlechts, deshalb bin ich auch vor ihr immer auf der Hut, weil sie jetzt jeden Tag mit einer Kleinmädchenversion von ›Wie konntest du mir das antun?‹ daherkommen kann.

Ein weiterer Ausspruch von Mutter, dem üblicherweise ein langer, schwelender Blick vorausgeht, lautet: »Du wirst genau wie dein Vater.«

»Danke«, sage ich dann immer sehr höflich. Das ärgert sie ebenfalls.

Manche Frauen haben ihren Garten als Hobby oder gute Werke oder Kunst. Mutters Hobby ist Heiraten. Bisher hat sie es auf vier Ehemänner gebracht, den Professor mitgezählt, der sich zu seinen Sommerkursen zurückzog. Auch der erste, Glorias Vater, war ein Professor, was wahrscheinlich Glorias IQ erklärt. Ich weiß nicht, wieso es zur Scheidung kam. Ich brauche wohl nicht zu erwähnen, daß ich damals noch nicht da war. Dann kam mein Vater, den Mutter manchmal ihren Freunden als ›meinen einzigen wirklichen Fehlgriff‹ beschreibt. Barry Rumbolt, ein Witwer, der sie so gut wie ihr ganzes Leben lang gekannt hat und allgemein als Barry Notnagel* bekannt ist, fragte einmal unverblümt: »Warum?«

»Weil Eric so ... so ... vierschrötig und spießig war und eine so blauäugige vaterländische Pfadfindermentalität hatte. Sie kennen solche Typen. Die werden immer Ingenieure – oder Piloten.« Und sie warf mir über die Veranda einen Blick zu.

Meine widerliche Schwester Gloria hat einmal ein Tagebuch von mir in die Finger bekommen, in dem ich über Dinge schrieb, die ich gern hatte; sie entdeckte, daß so ziemlich am häufigsten von Flugzeugen die Rede war. Damals wurde zu Hause viel gewitzelt, nach dem Muster:

* rumble seat (amerik.) = Notsitz, Klappsitz; im übertragenen Sinn: ein Mann für Notlagen; Anm. d. Red.

›Hier spricht Charles Norstadt, Ihr Pilot. Wir werden gleich eine leichte Turbulenz durchfliegen...‹ Darauf folgten Würg- und Kotzgeräusche. Ich konnte mich vor diesen Späßchen erst retten, als ich Glorias neuestem Verehrer am Telefon erzählte, sie sei unerwartet nach New York zurückgefahren und könne am Wochenende nicht mit ihm tanzen gehen. Natürlich ist er dann an jenem Samstagabend nicht aufgetaucht... Eine Weile herrschte echt dicke Luft. Aber keiner machte mehr eine Anspielung auf Flugzeuge, außer Mutter ab und zu, wenn sie einfließen lassen wollte, daß ich ihr auf die Nerven ging.

»An Piloten ist doch nichts auszusetzen«, sagte Barry. »Du fliegst doch selber gern. Was wäre, wenn es keine Piloten gäbe?« Typisch Barry. Die Vernunft in Person. Was aber ist schon Reizvolles an Vernunft?

»Ich bekomme auch gern meine Mülltonnen geleert«, erwiderte Mutter. »Das heißt aber noch lange nicht, daß ich einen Müllmann heiraten möchte oder froh bin, wenn mein Sohn sein Leben diesem Beruf widmet.«

Ich saß einfach da, schaukelte im Schaukelstuhl, grinste und wünschte, ich hätte das Modellflugzeug heruntergebracht, das ich gebastelt und auf den altmodischen Schrank in meinem Zimmer geräumt hatte, wo kleine und große Schnüffler nicht ohne gewisse Mühe hinaufkamen.

»Außerdem«, fuhr Mutter fort und schenkte sich und Barry nach, »lag es mir nicht, die treue Gefährtin zu spielen, die ihrem Mann überallhin auf dem Fuße folgt. Als Erich nach Patagonien oder Tasmanien oder Hinteranatölpien versetzt wurde und wollte, daß ich mitkomme und ihm täglich sein Lunchpaket schnüre, sagte ich ihm, daß seine Stunde geschlagen hätte.«

Dem werden Sie entnehmen, daß mein Vater Ingenieur war, ein Beruf, den Mutter in höchstem Grade hinterwäldlerisch fand. Sie bevorzugte Akademisches oder die schreibenden Künste. Nach der Scheidung von meinem Vater heiratete sie Bob, einen Lektor in einem der niveauvolleren New Yorker Verlage, und ein paar glückliche Winter lang feierten sie von Barry als ›Norman-und-Irving-Partys‹ bezeichnete Feste. Das jähe Ende kam nach einer wutschäumenden Auseinandersetzung über die in der *New York Review of Books* erschienene Kritik eines Buches, das Bob herausgegeben hatte. Mitten im schönsten Streit kriegte Bob spitz, daß Mutter das Buch gar nicht gelesen hatte. Das gab den Ausschlag. Er ging auf und davon und hinterließ Mutter Meg als Vermächtnis. Auch Meg hat einen hohen IQ.

Danach kam wieder ein Professor. Mutter gab keine Partys mehr, sondern ging auf Protestdemos. Dieser Prof mußte bei Dutzenden von Komitees mitmischen, weil sein Name immer wieder in den ganzseitigen Anzeigen in der *Times* auftauchte, die gegen alles und jedes protestierten und das Establishment entlarvten. Dies war die einzige Phase körperlicher Aktivität in Mutters Leben – wenn sie irgendwelche Transparente rumschleppte. Zweimal sah ich sie im Fernsehen, aber das eine Mal zählte nicht, weil auf der anderen Straßenseite eine Gegendemonstration im Gang war und Mutter irgendwie auf die Seite der Opposition geraten war, als die Kamera sich auf sie richtete. Der Professor war echt sauer deswegen.

Aber nichts brachte den Professor (alias Strubbel) so in Rage wie ich, was ich in Ordnung fand, da es ganz auf Gegenseitigkeit beruhte. Er streckte seinen Prophet-Hesekiel-Bart in mein Zimmer herein, ließ seine Körpermassen auf mein Bett plumpsen und versuchte, sich bei mir einzuschmeicheln. Ich glaube nicht, daß ihm das je gelungen wäre, aber bei seinem zweiten Anlauf vermasselte er sich jede Chance, die er eventuell gehabt hätte. Ich saß an meinem Schreibtisch und versuchte, Hausaufgaben zu machen, als er hereingelatscht kam.

Nachdem er mich mit einer Menge Small talk genervt hatte, nahm er ein kleines Foto vom Schreibtisch auf. »Wer ist denn diese Rettungsschwimmer-Type?«

Ich nahm ihm das Foto aus der Hand und steckte es in eine Schublade. »Das ist mein Vater. Und Rettungsschwimmer war er nur einmal in seinem Leben: Als er arbeiten mußte, um sich das Geld fürs College zu verdienen.«

Eins muß ich dem Prof zugute halten, er sah betreten aus, jedenfalls soweit ich sein Gesicht zwischen den Stirnfransen und dem Bart erkennen konnte. »Schau, ich hab's nicht bös gemeint. Das war nur so eine Redensart. Ich möchte gern, daß wir Freunde sind.«

»Klar. Aber im Moment muß ich Hausaufgaben machen.«

Er ließ eine Art herzliches Lachen hören. »Na, vielleicht kann ich dir dabei helfen.«

»Ich brauche Ihre Hilfe nicht, vielen Dank.«

»Deine Mutter sagt, du wärst nicht so überragend.«

Das stimmte. Aber es machte mich wütend, daß er es mir aufs Brot schmierte. Ich brauche wohl kaum zu erwähnen, daß Gloria und Meg nicht in der Lage schienen, etwas anderes als Einser zu produzieren. Natürlich habe ich es ihm nicht auf die Nase gebunden, aber ich hatte bereits den Entschluß gefaßt, mich sofort nach meinem siebzehnten Geburtstag bei der Luftwaffe zu bewerben. Wenn ich erst mal dort wäre, könnte ich lernen, was mich wirklich interessierte, sogar studieren, und mich dann zum Piloten ausbilden lassen. In der Zwischenzeit riß ich mir kein Bein aus. »Da Mutter Ihnen ja erzählt hat, was für ein Dummerchen ich bin«, sagte ich so sarkastisch, wie ich konnte, ohne mich in die Nesseln zu setzen, »werd' ich jetzt lieber weitermachen und das Zweier-Einmaleins auswendig lernen. Das ist ziemlich schwierig.« Er brummte etwas, aber ich wandte mich entschieden meinem Buch zu, eine Taktik, die sich meiner Erfahrung nach als sehr wirksam erwiesen hat. Ignoriert zu werden, ist mehr, als die meisten Leute ertragen können. Früher oder später nehmen sie den Hut und stampfen hinaus; oder sie stehlen sich leise davon. In beiden Fällen bleibst du der Sieger. Der Prof war da nicht anders, trotz aller akademischen Würden. Ich schaute mich nach ein paar Minuten um, und er war nicht mehr da.

Danach nahm er noch mehrere Anläufe, fing jeden zweiten Satz mit ›irgendwie‹ an und warf mit Begriffen wie ›Bezüge herstellen‹ und ›zwischenmenschliche Beziehungen‹ um sich, als ob es sich um Codewörter handelte. Er versuchte sogar, mich für ein paar seiner Projekte einzuspannen – diesmal waren seine Lieblingswörter ›relevant‹ und ›engagiert‹. Da ich nicht so hirnlos bin, wie er und meine Mutter glauben, hatte ich diese Wörter bereits gehört. Ich weiß sogar, was sie bedeuten, und bin – ganz privat – der Meinung, sie treffen in den meisten Fällen sogar den Punkt. Aber ich hatte keine Lust, mit dem Strubbel über solche Dinge zu diskutieren – vor allem, wenn er mir mit der Rolle des Stiefvaters kam.

Aber jetzt war er sowieso weg, was insgesamt eine gute Sache war, obwohl Mutters nervöse Symptome immer voll zum Ausbruch kamen, wenn sie keinen Mann hatte. Denn das bedeutete unter anderem, daß sie – außer, wenn Barry Notnagel gerade verfügbar war – allein auf Partys gehen mußte. Und das mochte sie nicht.

Also schön, um auf den Mann ohne Gesicht zurückzukommen, und wie ich ihn kennengelernt habe...

Es fing, wie gesagt, damit an, daß Gloria sich entschlossen hatte, die nächsten beiden Jahre an ihrer New Yorker Tagesschule zu bleiben. Damit konnte ich mich nicht abfinden. Ich hatte bereits jetzt das Gefühl, zwischen all den Weibern zu ersticken. Komisch – wenn nur Mutter und Meg und ich zu Hause waren, war es nicht so schlimm. Es machte sogar Spaß – manchmal. Megs große Leidenschaft im Leben waren Tiere, ein weiterer Grund, warum sie nicht durch und durch schlecht sein konnte, auch wenn sie weiblichen Geschlechts war. Wegen Mutters Allergien konnten wir keine behaarten Haustiere halten. Daher lebt

Meg ihr Interesse in Form zweier Aquarien, vier Schildkröten, eines Kanarienvogels, eines Wellensittichs, eines Papageis und eines Regals voller Naturbücher aus. Sie schaut sich sämtliche Tiersendungen im Fernsehen an und ist Mitglied des Flipper-Fanclubs. Wenn sie in Fahrt kommt, kann sie die Fakten nur so runterspulen.

Und obwohl es fast unglaublich klingt, ist Mutter eine Kanone, was eine andere Art von Geschichten angeht. Ihr Vater war auch irgendein Wissenschaftler gewesen, und manchmal, wenn Meg oder ich das richtige Stichwort lieferten, legte sie plötzlich mit einer echt heißen Story los über Leute wie Saladin, den Sarazenenführer zur Zeit der Kreuzzüge, oder irgendeinen walisischen oder bulgarischen oder chinesischen Volkshelden, die in ihrer Kindheit in sie eingesickert waren. Aber das passierte nur, wenn Meg und ich allein mit ihr waren. Gloria und meine letzten zwei Stiefväter brachten Mutter immer zum Schweigen, wenn sie derartiges hörten. Wie der Strubbel einmal sagte, als er verspätet beim Abendessen hereinplatzte und Mutter gerade voll in Gang gekommen war mit ihrer Geschichte über Robert the Bruce oder Cadwallader oder Canute oder sonstwen, verzögert es die Entwicklung eines sozialen Bewußtseins, wenn das neurotische Bedürfnis nach legendären Helden genährt wird. Und ob wir wüßten, daß Robert the Bruce (oder Cadwallader oder Canute) die Krätze und Syphilis und Läuse gehabt hätten? Die Geschichte, sagte er, wobei er sich hinsetzte und den restlichen Braten auf seinen Teller schaufelte, sei die Chronik von Massenbewegungen, und es sei wichtig, daß Meg und ich dies nicht vergäßen. Mutter blickte schuldbewußt drein, und eine Sekunde lang tat sie mir leid. Aber weil sie einen solchen Ausrutscher in Sachen sozialen Bewußtseins gewöhnlich dadurch wettmachte, daß sie mich schikanierte, hielt mein Mitleid nicht lange an.

Gloria hatte auf Mutter und die allgemeine Stimmung zu Hause dieselbe Wirkung wie der Professor. Als sie die

Bombe platzen ließ, sie würde nicht ins Internat abziehen, wußte ich, daß ich mich aus dem Staub machen mußte. Die Aufnahmeprüfung für das St. Matthew's stand in dieser Woche an, aber obwohl ich jeden Abend büffelte, war es zu spät, alles aufzuholen, was ich bisher versäumt hatte. Wäre ich nicht so blöd gewesen, wie jeder behauptete, hätte ich mich natürlich schon früher vorbereitet, nur für den Fall, daß so etwas passierte. Aber seit ich denken kann, hatte Gloria immer nur herumgetönt, wie brillant die Fenwick Academy sei – die studienvorbereitende Schule, auf die sie gehen sollte. Und ich hatte einfach nicht berücksichtigt, daß bei Gloria jede momentane Verknalltheit allem anderen den Rang ablief, und daß New York viel näher bei Princeton und dem ›unvergleichlichen Percy‹ lag als Fenwick in Virginia. Dazu kam noch, daß ich ja ohnehin entschlossen war, mich mit siebzehn zur Luftwaffe abzusetzen, und irgendwie war ich zu dem Schluß gelangt, daß ich mich vom Internat nicht so leicht loseisen könnte wie von zu Hause, wo ich wenigstens wußte, wie die Dinge liefen. Und so gab ich mir einfach keine Mühe. Als dann der Schuldirektor meiner Mutter die Ergebnisse der Prüfung in einem Brief mitteilte, der kurz vor unserer Abreise zu unserem Sommerhäuschen ankam, war ich natürlich mit Pauken und Trompeten durchgefallen.

»Das wäre also erledigt«, sagte Mutter, faltete den Brief wieder zusammen und machte nicht einmal den Versuch, traurig zu klingen. Jungeninternate fanden ohnehin nicht ihre Billigung. Der Strubbel hatte ihr einmal erzählt, daß die einen ziemlich hohen Ausstoß an Homosexuellen hätten, und Mutter hat nun einmal etwas gegen Schwule.

Damit war mir klar, daß ich in ernsthaften Schwierigkeiten steckte und etwas unternehmen mußte, um in die Schule reinzukommen. Bevor wir New York verließen, schrieb ich deshalb an den Direktor und erkundigte mich, ob irgendeine Möglichkeit bestünde, trotz meiner miserablen Prüfung aufgenommen zu werden.

Die Antwort kam an dem Tag, als wir in den Mann ohne Gesicht hineinliefen, dessen Spitzname genaugenommen ›Mann mit einem halben Gesicht‹ lauten müßte. Eine Seite seines Gesichts war, um Gloria zu zitieren, grauenvoll. Die andere war okay, wenn man sich je dazu aufraffte, genauer hinzuschauen, was die meisten Leute nach dem ersten Schock bleiben ließen. Er wurde auch der Griesgram genannt, weil ihn niemand je etwas anderes als das absolut Notwendige hatte sagen hören, zum Beispiel: »Ein Brot und ein Pfund Kaffee, bitte.«

Wie dem auch sei, der Direktor erklärte in seinem Antwortschreiben, für mich bliebe nur noch die Hoffnung, die Prüfung am Ende des Sommers zu wiederholen, und falls ich dann mindestens die Durchschnittsnote Zwei erreichte, würde ›mein Fall noch einmal erörtert werden‹.

Hätte das St. Matthew's unter den studienvorbereitenden Schulen auch nur annähernd einen guten Ruf gehabt, hätte ich mir natürlich nicht die geringste Chance ausrechnen können. Wie Gloria sagte, als das erste Ergebnis kam: »Wer will schon einen halbgebildeten WASP-Bubi?«

Aber das St. Matthew's, auf das schon mein Großvater und ein paar Großonkel gegangen waren, erlebte seit Jahrzehnten einen noblen Niedergang, und obwohl der Direktor gewechselt hatte, durfte man dort nicht wählerisch sein. Das St. Matthew's bekam ab, was Andover und Exeter und Groton und Choate und die restlichen anständigen Schulen nicht haben wollten. Und das war meine einzige Hoffnung.

Ich zeigte meiner Mutter den Brief.

»Du hast doch noch nie in deinem Leben im Sommer ein Buch durchgeackert, Chuck. Warum glaubst du, du könntest das diesmal fertigbringen?«

* WASP = White Anglosaxon Protestant: protestantischer Amerikaner angelsächsischer Herkunft und weißer Hautfarbe; Angehöriger der elitären Oberschicht an der Ostküste.

»Aber wenn ich es schaffe, darf ich dann gehen?«

»Es besteht nicht die geringste Gefahr, Mutter«, fiel Gloria ein. Sie saß am Küchentisch und legte sich probeweise ein neues Paar falscher Wimpern an. »Konsequent zu lernen, wie es nötig wäre, damit er sich von seinem gegenwärtigen Erstkläßlerstand auf das selbst vom armen alten St. Matthew's College geforderte Niveau hochschrauben könnte, ist für ihn genauso unmöglich, wie quer über die Hafenbucht zu schwimmen. Eigentlich« – sie fischte ihre Wimpern vom Boden auf – »ist die Analogie schlecht gewählt, da er mit den Muskeln aktiver ist als mit dem Hirn. Weißt du überhaupt, was eine Analogie ist, Chuck?« Sie schaute mich mit jenem zuckersüßen Gesichtsausdruck an, für den ich ihr am liebsten einen Tritt verpassen würde.

Ich wußte, daß der Köder ausgelegt war, mit dem sie mich provozieren wollte. Ich wußte auch, daß ich unfähig war, mit einer schlagfertigen Erwiderung zu kontern. Wenn mir je etwas Schlagfertiges einfällt, dann mehrere Stunden später oder um drei Uhr früh, nachdem ich die halbe Nacht wachgelegen und darüber nachgegrübelt habe. Ich ignorierte sie.

»Darf ich, Mama?«

Doch Mutter war präpariert. »Selbstverständlich. Wenn du glaubst, daß du es schaffst.«

Am Ende der Woche wußte ich, daß Gloria recht hatte: Allein würde ich es nie schaffen. Jeden Abend fragte sie, meist beim Abendessen: »Wie geht's denn mit dem Studieren, Chuck? Bist du schon bei Cäsar oder Vergil?« Oder: »Ich helf' dir gern in Soziologie.«

»Es geht prima«, sagte ich immer, eine faustdicke Lüge, mit der ich mir mein eigenes Grab schaufelte, denn je mehr ich so etwas behauptete, desto weniger Aussicht hatte ich auf wirkliche Hilfe.

»Dann ist's ja gut«, sagte sie und schaute mich mit ihren kühlen braunen Augen an. »Jetzt zeigt sich, wozu du wirklich fähig bist, wenn du's nur versuchst. Schade, daß du's in all den vergangenen Jahren nicht versucht hast, wenn man an die teuren Schulgebühren und so weiter denkt.«

Und schon hatte sie mich an der Angel. »Warum läßt du mich nicht in Ruhe? Wenn du dich als Vorkämpferin der hiesigen Feministinnengruppe aufspielen willst, dann probier's doch erst mal bei deinen Freunden, oder ist das der Grund dafür, warum Steve und Larry sich diesen Sommer nicht blicken lassen?«

Wenn es etwas gibt, was Gloria nicht perfekt beherrscht (körperlich, in diesem Fall), dann ist es die Kunst des Errötens. Sie sieht dabei immer aus wie ein schwerer Fall von Masern.

»Gesprochen mit dem Chauvinismus des dummen Männchens, das weiß, daß seine einzige Überlegenheit in seiner Muskulatur besteht.« Das ist ihr neues Wort, Muskulatur.

»Meine Muskulatur eignet sich hervorragend dazu, dir die Fresse zu polieren, Glory-altes-Mädchen. Ich zeig's dir mal.« Und ich tat so, als würde ich ihr über den Tisch eine wischen.

Bei körperlichen Angriffen ist Gloria feig. Sie gerät in Panik, wenn jemand einen Ball auf sie wirft. »Halt ihn fest, Mutter«, kreischte sie.

»Wenn du noch vorhast zu lernen, dann schlage ich vor, daß du das jetzt tust«, sagte Mutter und blickte von der Spülmaschine auf, die sie gerade vollräumte. »Schließlich bist ja du derjenige, der ins Internat gehen will.«

Ich ging hoch in mein Zimmer und machte die Türe zu. Dann starrte ich die Bücher an, die ich aus New York mitgebracht hatte und deren Inhalt ich mir irgendwie einhämmern mußte, bevor ich die leiseste Aussicht hätte, ins St. Matthew's aufgenommen zu werden. Vielleicht haben die ganzen drögen Moralisten recht: Man muß gute Gewohnheiten entwickeln. Ich hatte mich nie ans Lernen gewöhnt, und jetzt wußte ich nicht, wo ich anfangen sollte. In New York ging ich auf die Sorte Privatschule, die lieber Rosie, das Nilpferd aus dem Zoo im Central Park, durchkommen ließe, als auf das Schulgeld zu verzichten. Außerdem war sie der letzte Schrei unter den Schulen, an denen man machen konnte, was man wollte. Keine einschränkenden Strukturen. Keine altmodischen Methoden. Viele Rorschach-Tests, aber keine Prüfungen.

Seit ich sieben war, habe ich nicht mehr geweint. Ich weiß, das klingt unglaubhaft. Aber es ist wahr. Die Leute, die behaupten, ich sei nicht in der Lage, eine Sache mit Energie durchzuziehen, wissen nicht, wovon sie reden. Ich hatte meine ganze Energie darangesetzt, nicht zu weinen – egal, was los war. Verstehen Sie, nicht weil ich auf dem Trip bin, ›ein Indianer kennt keinen Schmerz‹ oder so. Sondern weil ich mit der Heulerei meiner Mutter eine merkwürdige Macht über mich einräumte. Sie liebte es, wenn ich weinte. Trat der Fall wirklich einmal ein (bevor ich sieben war), wurde ich gegen ihren Busen gepreßt und halb erstickt (während Gloria zusah), und eine Weile danach war sie immer sehr lieb zu mir, was angenehm war. Aber es hatte seinen Preis. Sie hatte dann das Gefühl, daß ich IHR gehörte, und bis ich es fertigbrachte, mir durch echt flegelhaftes Benehmen wieder Luft zu verschaffen, konnte ich kaum aufs Klo gehen oder mir ein Brot schmieren oder spazierengehen, ohne daß sie wissen wollte, wohin ich ging, was ich machte, wenn ich dort ankäme, und ob sie etwas für mich tun könne? Grauenhaft!

Oder – jetzt bin ich wirklich ehrlich – wenn es gar nicht anders ging und ich doch heulen mußte, vergewisserte ich mich sorgfältig, daß ich allein war und niemand mich hörte.

Das Problem besteht darin, daß unser Haus auf der Insel nicht dazu gebaut ist, um sich ungestört zurückzuziehen. Deshalb setzte ich mich aufs Bett, starrte auf die Bücher und gab mir große Mühe, an Sachen zu denken, die zum Brüllen komisch waren, zum Beispiel, daß Gloria von einer der Klippen hier in ein Faß mit siedendem Öl stürzte. Nach einer Weile knipste ich das Licht aus und preßte mein Gesicht ins Kissen.

Ich muß eingeschlafen sein, denn als nächstes wurde mir bewußt, daß ich aufgewacht war. Der Mond schien, und vom Fenster her kam ein tiefes, gedämpftes Grollen; anschließend plumpste etwas auf mein Bett.

»Moxie«, sagte ich und schlang meine Arme um ihn.

Das Grollen schlug in ein tiefes, rasselndes Schnurren um. Ich spürte, wie eine feuchte Nase gegen meine Backe stupste, und roch schlechten Atem. Armer Moxie. So ungefähr in jedem Punkt, den man sich vorstellen kann, ist er gesellschaftlich inakzeptabel. Moxie ist ein großer orangefarbener Kater, mit eineinhalb Ohren, kahlen Stellen, wo ihm das Fell in seinen vielen Kämpfen ausgerissen wurde, und Narben im Gesicht, mit denen er ausgesprochen bösartig aussieht.

Er war ein mageres Kätzchen, als ich ihn vor drei Jahren fand. Aber wegen Mutters Allergie konnte ich ihn natürlich nicht behalten oder nach New York mitnehmen. Den Winter über lebt er von der Jagd und milden Gaben. Ich habe einige der einheimischen Dorfbewohner gebeten, ihn zu füttern, ihnen dafür Geld angeboten – wenn ich annehmen konnte, sie damit nicht zu beleidigen – oder mich den Sommer über für diverse Arbeiten zur Verfügung gestellt. Ich denke, sie tun es wirklich. Ihn füttern, meine ich. Denn jeden Sommer ist Moxie das erste, wonach ich Ausschau halte, und er hat unsere Ankunft noch nie verpaßt. Irgendwann in den ersten drei Nächten kommt er, wenn es dunkel ist, übers Garagendach zu meinem Fenster. Mutter haßt ihn, von ihrer Allergie ganz abgesehen. Vor zwei Jahren bot sie mir an, ich dürfe ihn ganz offiziell in meinem Zimmer behalten, wenn ich damit einverstanden wäre, ihn kastrieren zu lassen. Doch ich erkannte, daß das lediglich ein Schachzug innerhalb von Mutters groß angelegtem Plan zur Zähmung und Domestizierung der männlichen Rasse war, und ich lehnte ab.

Als Folge empfindet Mutter jedes orangefarbene Tigerkätzchen in der Hafengegend als persönliche Kränkung, und jedes Jahr gibt es mehr davon.

»Laß dieses Vieh nicht mehr ins Haus, Charles«, sagt sie ab und zu aus gutem Grund. »Es stinkt und hat schlechte Gewohnheiten.« Stimmt haarscharf.

»Moxie«, murmelte ich in sein struppiges Fell. Sein Schnurren rasselte lauter. Er streckte seinen langen, vernarbten Körper neben mir aus. In einem muß ich Mutter recht geben: Er stinkt. Mit seinem penetranten Wildgeruch rangiert er gleich nach einem Stinktier. Doch ich bin das einzige Lebewesen unter Menschen wie Tieren, das er liebt, was ganz auf Gegenseitigkeit beruht. Der einzige Grund, warum ich morgens mein Bett mache, was ich unter anderen Umständen als Zugeständnis an den weiblichen Chauvi-Imperialismus ansehen würde, besteht darin, Mutter seine Besuche zu verheimlichen. Bliebe das Bett ungemacht, wüßte sie augenblicklich Bescheid, sobald sie die Nase zur Tür hereinsteckte. Mit Pausen dazwischen erzählte ich Moxie in jener Nacht leise, was es alles zu erzählen gab, während er abwechselnd schnurrte und schnarchte. (Ich glaube, seine Nasenscheidewand ist verkrümmt, oder einer seiner erfolglosen Gegner hat ihm eins übergezogen.) Die Wände unseres Hauses sind dünn, deshalb hätte ich kaum überrascht zu sein brauchen, als sich im Morgengrauen die Tür öffnete und Megs tonnenförmige Gestalt auftauchte. »Was willst denn du hier?« fragte ich barsch.

Meg schaute uns beide an. Moxie hob den Kopf. Er stellte sein Schnurren ein. Ohne einen Laut von sich zu geben oder einen Muskel zu rühren, beobachtete er sie mit jedem Haar und jeder Sehne, wie ich wußte. Er duldete

Meg. Wenn es Gloria oder Mutter gewesen wäre, hätte er sein merkwürdig schrilles Grollen ausgestoßen und wäre mit einem Satz durchs Fenster gesprungen. Eins muß ich Meg echt zugute halten: Obwohl sie diesen Tier-Tick hat, ist sie nicht eifersüchtig wie sonst viele Tiernarren. Irgendwie fühlen die sich bedroht, wenn nicht jede Kreatur, der sie begegnen, sofort auf ihren Schoß hopst.

Sie stand einfach da, und mit ihren Locken sah sie aus wie eine kurze, dicke Heilige mit Heiligenschein. »Das mit dem St. Matthew's«, sagte sie.

»Was ist mit dem St. Matthew's?«

»Allein schaffst du's nie.«

Ich machte den Mund auf, um sie anzufauchen, sie solle ihre brillanten Erkenntnisse für sich behalten, doch bevor ich etwas sagen konnte, plapperte sie schon weiter. »Es hat keinen Sinn, wenn du dich aufs hohe Roß setzt. Es wäre viel besser, den Tatsachen ins Auge zu blicken und dann etwas zu unternehmen.«

Also echt, da kam dieses Milchbaby an wie einer der fünf Psychologen, die an meiner Schule angestellt waren. Ich machte den Mund wieder auf, um sie ein für allemal zum Schweigen zu bringen, als mich die Erkenntnis wie ein Schlag traf: Genau das hatte ich ja selbst gedacht, als ich ins Bett ging. Alles, was ich herausbrachte, war: »Also?«

»Also: Wie man dem Griesgram unter anderem nachsagt, war er mal Lehrer. Vielleicht gibt er dir Nachhilfe.«

»Du bist wohl nicht ganz dicht.«

»Wieso?«

Ich lag im Halbdunkel da. Richtig, wieso eigentlich? Die Gerüchte über den Griesgram – alias Mann ohne Gesicht, alias Justin McLeod – waren zur Genüge bekannt.

In unserer kleinen Gemeinde wußte jeder praktisch alles über jeden. Die einzige Ausnahme war McLeod, der allein in einem abgelegenen alten Haus auf der Festlandseite der kleinen Halbinsel lebte – unsere Insel ist nämlich keine richtige Insel. Damit gab er natürlich einen faszinierenden Gegenstand für uferlosen Klatsch ab: Einer Theorie nach war er im Gefängnis gewesen, einer anderen nach bei der CIA, bis ein Doppel-, Dreifach- oder Vierfachagent eine Bombe auf ihn geschmissen hatte. Einer dritten Version zufolge war er ein berühmter Physiker, der unter falschem Namen lebte, weil ein Experiment ihm das Gesicht verstümmelt hatte. Dann kursierte noch das Gerücht über den Autounfall.

Keiner von uns glaubte wirklich an eine dieser Geschichten, aber da jeder Anhaltspunkt fehlte und man den ganzen Sommer über Zeit für Spekulationen hatte, wurden die Storys immer wilder. Ein oder zwei der Jungs hatten sich auf sein Grundstück geschlichen und versucht, irgend etwas auszukundschaften, aber sie waren von einem riesigen Hund verjagt worden, der halb wie ein Pferd und ganz wie ein Menschenfresser aussah. Jeder kapierte. McLeod wollte keine Gesellschaft. Also ließen wir ihn in Ruhe. Und jetzt kam Meg mit dieser wirklich harmlosen Idee daher, er sei ein ehemaliger Lehrer.

»Na ja«, sagte Meg von der Tür her. »Du kannst's ja mal ausprobieren. Dir kann nichts weiter passieren, als daß dich der Hund zu Gulasch macht.«

»Danke.«

Ich konnte nicht mehr einschlafen. Moxie entspannte sich, schnurrte und schnarchte sogar noch ein bißchen. Aber als es heller wurde und die Vögel zu lärmen begannen, wandten sich seine Gedanken offensichtlich dem Frühstück zu. Auch ließ sich nie voraussehen, wann der Feind (Mutter oder Gloria) aufstehen und Störwellen in seine Richtung funken würde. Zum Abschied krächzte er ein kehliges Miau und rieb seinen Kopf an meinem. Dann erhob er sich zu seiner vollen räudigen Länge, sprang aufs Fensterbrett und verschwand.

2

Den Rest des Tages verbrachte ich hauptsächlich damit, beim Pier und am Hafen herumzuhängen; Megs Vorschlag wollte mir nicht aus dem Kopf gehen. »Lernst du heute nicht?« fragte Gloria, als ich mich nach dem Frühstück in Richtung Haustür bewegte statt nach oben.

»Ich nehm' mir einen Tag frei.« Was ging sie das überhaupt an?

»Hast du einen solchen Lernvorsprung?« Ihr Gesicht erinnerte mich an Moxie, wenn er den Vögeln auflauerte.

»Laß ihn in Ruhe, Gloria«, sagte Mutter, die am Herd stand und den Speck in der Pfanne wendete.

Ich blieb an der Tür stehen und wartete auf den Hammer. Darauf kann ich wetten. Wenn sich Mutter auf meine Seite stellt, dann heißt das in der Regel, daß gleich etwas Unangenehmes nachkommt. Und es kam.

»Charles, du weißt, daß ich es nicht mag, wenn du nachts diesen schmutzigen wilden Kater in dein Zimmer und auf dein Bett läßt. Er verstänkert das ganze Haus.«

Woher wußte sie denn das schon wieder?

Wutentbrannt faßte ich Meg ins Auge. Doch sie schüttelte nur den Kopf, wobei sie nicht einmal von ihrem Teller hochschaute, sondern den Cornflake-Berg weiter in sich hineinlöffelte. Und ich wußte, daß mich Meg nicht verpetzen würde, auch wenn sie manchmal ein rechter Fratz ist.

Aber Gloria saß da und stocherte in ihrem Rührei, als wäre sie die Heldin in dieser schwachsinnigen Geschichte von der Prinzessin und der Erbse, die Mutter uns immer vorgelesen hat, als wir beide klein waren. Ich glaube, Gloria bezieht ihr Selbstbild von dieser Zimtziege.

»Vielen Dank«, sagte ich und starrte ihr unverblümt ins Gesicht.

»Ist dir jemals bewußt geworden«, sagte sie gelangweilt, »daß dein vierbeiniger Freund vor Ungeziefer nur so strotzt? Man kann ja zusehen, wie sie sich in seinem Fell tummeln.«

Aber weil Moxie jedesmal, wenn er Gloria sieht, seinen Schwanz gewaltig sträubt und einen Buckel macht, glaube ich nicht, daß es sein Ungeziefer ist, das Gloria so kratzt (wenn Sie das Wortspiel entschuldigen wollen).

»Gut, aber was Menschen betrifft, beweist er einen hervorragenden Geschmack«, sagte ich und war ausnahmsweise einmal sehr zufrieden mit mir. »Außerdem dachte ich, du stehst auf Natur und Öko – oder war das nur, bis Steve zu dem Schluß kam, er könne auch ohne dich leben?«

Glorias Gesicht verfärbte sich zu einem psychedelischen Pink. »Du Ratte. Na warte. Mutter...«

Aber ich war schon zur Haustür draußen und die Stufen runter. Diese Art von Unterhaltung lief zwischen uns schon fast so lange, wie ich zurückdenken kann, und hing mir gründlich zum Hals raus.

Diesen Sommer waren hier nicht allzu viele Jungs in meinem Alter. Ein paar vom letzten Jahr sind ins Zeltlager oder sonst in ein Ferienlager gefahren, und mein bester Freund, Joey Rodman, der in dieselbe New Yorker Schule geht wie ich, reiste immer noch mit seinen Eltern in Europa herum, wo sie ihn in der Hoffnung, seinen IQ hochzudrücken, wie eine Mastgans mit Kultur vollstopften. Das verband uns miteinander: unser IQ. Joey war womöglich sogar der schlimmere Fall, denn, wie er sagt, wenn dein IQ als Jude nur so lala ist, dann sitzt du echt in der Scheiße, Mann. Die Familie betrachtet das als eine Schande, die gleich nach dem Übertritt zum Christentum kommt. Aber Joey, den ich jetzt gebraucht hätte, war nicht hier, und deshalb tauschte ich nur mit einigen Typen, die gerade mit einem Dingi hinausschippern wollten, ein paar Beschimpfungen aus und ging dann den Hafen entlang, sprang über Steine und dachte darüber nach, was Meg gesagt hatte.

Nach mehreren öden Stunden, deren einzige Unterhaltung aus vier Hot Dogs, einem Hamburger und einem gelegentlichen Eis bestand, die ich auf meinen verschlungenen Wegen zurück ins Dorf kaufte, kam ich zu dem Schluß, daß alles auf die Frage hinauslief: Was gibt es für eine Alternative?

Und die Alternative bestand darin, die nächsten drei oder vier Jahre in New York in einer Fünf-Zimmer-Wohnung zu leben, mit meiner fiesen älteren Schwester, die mir jedesmal eins draufgibt, wenn sie mich sieht; jedesmal, wenn ich mich duschen möchte, müßte ich mich durch einen Wald nasser Strümpfe und Unterwäsche kämpfen, und nach meiner Zahnbürste müßte ich in einem Dschungel aus falschen Wimpern, Haarteilen, Make-up-Glitsche und was weiß ich noch alles graben. Und wenn ich mich beschwerte, ergriff Mutter Partei für Gloria. Es ist einfach würdelos, mit einem Haufen Weiber wie Ölsardinen in einer kleinen Bude zu hausen. Also machte ich mich auf dem Weg zu Justin McLeod und fragte mich, wie es sich anfühlte, wenn ein menschenhassender Köter auf mir herumkaute.

Ich mußte ziemlich lang gehen, meist bergauf. Wenn ich an den Griesgram und seinen Hund dachte, drohten zwischendurch die Schmetterlinge in meinem Magen die Ausmaße von Fledermäusen anzunehmen; deshalb versuchte ich, meine Gedanken damit zu beschäftigen, mich an alles zu erinnern, was ich je über Justin McLeod gehört hatte. Das war nicht weiter schwierig. Fast alles war ziemlicher Quatsch. Insgesamt ergaben sich folgende Punkte:

1. Er war vor etwa zwölf Jahren in das Haus auf den

Klippen gezogen. Gelegentlich machte er das Haus dicht und verreiste. Aber nicht oft.

2. Er lebte allein mit seinem Bluthund, was bedeutete, daß niemand, der sich den einen oder anderen Vorwand aus den Fingern gesogen hatte, um ihn aufzusuchen und herumzuschnüffeln, bis weit hinter das Tor gekommen war. Dem war noch ein P.S. hinzuzufügen, daß der Hund nämlich kleine Kinder verschlungen hätte, doch dieses Gerücht verwarf ich als unwahrscheinlich. Der ganze Gedanke an den Hund deprimierte mich, deshalb ging ich über zum nächsten Punkt.

3. Trotz aller wirklich interessanter Theorien über das Zustandekommen seiner Verstümmelung und über seine Vergangenheit bestand der einzige zuverlässige Hinweis auf berufliche Aktivität darin, daß er Briefe und Pakete von einem New Yorker Verlag erhielt. Einige der Briefe waren Fensterkuverts, die aussahen, als enthielten sie Schecks. (Ich bin mir nicht sicher, wie das bekannt geworden ist. Die Postbedienstete ist eine absolut unbestechliche, unnahbare Person, die ihren Job als Berufung zu betrachten scheint. Sie sieht aus, als wünschte sie sich, kommunistische Agenten mögen ihr mit glühend heißen Zangen die Fingernägel bearbeiten, damit sie sich heroisch weigern könnte auszuplaudern, wer im Dorf welche Post bekommt. Dennoch hatte irgend jemand getratscht, und die Vorstellung hatte sich ziemlich durchgesetzt, daß McLeod, was immer er früher getrieben haben mochte, jetzt ein Schriftsteller war.)

4. Das Problem mit Punkt drei war, daß niemand jemals seinen Namen auf einem Buch gesehen hatte. Das nährte die Hypothese (wenn Sie mir eines der Angeberworte Glorias verzeihen wollen), daß er unter einem Pseudonym Pornographie schreibt.

Sobald diese Theorie Fuß faßte, stürmten alle – das heißt, alle Jugendlichen – unseren einzigen Buchladen und, als sich der als Niete herausstellte, den Laden in der nächsten Stadt auf dem Festland, um alle Pornobücher aufzukaufen und sie nach dem zu durchforsten, was der Kriminalroman Indizienbeweise nennt. Aber man fand nur die üblichen faden Reihen neu aufgelegter Taschenbücher. Kein einziger wirklich scharfer Porno war darunter. Aber, wie Joey erklärte (sein Vater kommt aus der Verlagsbranche), man konnte in dieser äußerst rückständigen und zugeknöpften Gegend kaum etwas anderes erwarten.

All diese Überlegungen führten mich nicht weiter als buchstäblich dorthin, wohin ich ging.

McLeods Haus liegt auf einer Klippe, mehrere Kilometer nördlich des Hafens, und man muß einen langen Weg um die Steinmauer herumgehen, die früher einmal von irgendwelchen menschenfeindlichen Neu-Engländern gebaut worden ist, um zu seiner Eingangspforte zu gelangen, der einzigen Öffnung in dieser Mauer. Auf der anderen Seite des Tores sieht man Kieferngruppen, durch die sich ein Weg hindurchschlängelt. Das Haus ist von der Straße aus nicht zu sehen, und das Ganze macht einen ziemlich düsteren Eindruck. Kein Schild warnte vor dem Hund. Trotzdem trödelte ich ein paar Minuten herum und ersparte mir dadurch (wie ich dachte) viel Scherereien. Denn ich hörte ein Motorengeräusch, und um die Kurve kam McLeods altehrwürdiger, aber immer noch recht schöner ausländischer Wagen. Er hielt an, stieg aus und schickte sich an, wie ich sah, das Tor zu öffnen. Ich hätte mir damals einen Fußtritt verpassen können, weil ich mir die Gelegenheit entgehen ließ, einen guten Eindruck auf ihn zu machen – ich hätte aufmerksam hinspringen und das Tor für ihn öffnen sollen. Aber ich dachte nicht schnell genug (wie üblich). Er ist ein athletischer Mann und legte die paar Meter zum Tor zurück, bevor bei mir der Groschen fiel. Als er den Riegel vorschob, starrte er mich über das Tor hinweg an, und sein Blick war wie ein kalter

Wind, der mir ins Gesicht wehte. »Was willst du?« waren seine Worte. Doch seine *Stimme* sagte: *Laß mich in Ruhe.*

Alles, was ich mir vorgenommen hatte zu sagen, eine geistreiche Einführung in mein Problem, war wie weggeblasen. Denn zum einen hatte ich sein Gesicht vor mir, näher, als ich es je gesehen hatte. Und das brachte einen ziemlich aus der Fassung. Glänzendes rohes Fleisch über fast die ganze Gesichtshälfe; über die Nase hinweg reichte es auch noch auf die andere Seite. Ich starrte nur noch und riß dann meine Blicke von seinem Gesicht los, als wären meine Augen Saugnäpfe, schaute nach unten, zur Seite, nach oben, irgendwohin, nur nicht zu ihm, scharrte mit den Füßen wie ein Bauerntrottel und stammelte: »Ich... ich h-habe gehört, daß S-sie mal... L-lehrer waren.«

Schweigen. »Ja und?«

Ich richtete meinen Blick auf die ihm am nächsten stehende Kiefer und murmelte: »Ich habe mich gefragt, ob Sie mir N-nachhilfe geben könnten. Ich m-muß eine Aufnahmeprüfung bestehen.«

»Nein. Absolut nicht.«

Und er stieg wieder ins Auto und fuhr durch das Tor.

Nachdem er verschwunden war, wurde mir klar, wie gründlich ich die Sache vermasselt hatte. Um die Wahrheit zu sagen, hätte ich heulen können. Eine Zeitlang stützte ich mich mit den Ellbogen auf die Steinmauer. Ich konnte nicht zu unserem Haus zurück. Das war einfach unmöglich. Nach einer Weile setzte ich mich hin, mit dem Rücken an die Mauer. Warum mußte ich alles falsch anpacken? Warum klappte bei mir nie etwas?

Ich merkte, wie es kälter und dunkler wurde. Ich saß mit Blickrichtung nach Osten, und der Himmel färbte sich anthrazitgrau. Der Wind pfiff und säuselte in den Kiefern. Ich hatte nur ein weites Sweatshirt und Jeans an und begann zu spüren, daß das Gras gar nicht so trocken war. Aber ich konnte mich nicht aufraffen zu gehen. Bald gäbe es Abendessen. Ich war den ganzen Tag nicht zu Hause gewesen, und wenn ich zum Abendessen nicht aufkreuzte, müßte ich alles über mich ergehen lassen, was ich am meisten haßte:

»Wie konntest du so rücksichtslos sein?«

»Wie kannst du so verantwortungslos sein?«

Oder, der echte Joker im Spiel: »Chuck, in Wahrheit liegt dir doch an niemand etwas außer an dir selbst – du liebst mich nicht.« Anschließend die Szene: Mutter in Tränen aufgelöst. Anschließend mein Wunsch: Am liebsten wäre ich tot.

Schließlich wurde es dunkel, aber ich konnte mich immer noch nicht in Bewegung setzen. Ich zog die Knie an und legte den Kopf darauf. Das arme, alte, drittklassige St. Matthew's schien wie ein goldener Traum, der sich verflüchtigt hatte. Und dann machte ich mich innerlich einfach aus dem Staub. Schaltete total ab. Nichts zählte mehr. Das passiert mir in regelmäßigen Abständen. Früher oder später macht es klick, und ich falle aus diesem Zustand wieder heraus, oder irgend etwas anderes rüttelt mich in die Wirklichkeit zurück, aber eine Zeitlang bin ich nicht da, wenn Sie wissen, was ich meine, obwohl Sie es vermutlich nicht wissen, wenn es Ihnen nicht schon selbst passiert ist. Aber das war der Grund, warum von Zeit zu Zeit alle fünf Schulpsychologen um mich herumgesprungen sind und sich ausgiebig um mich bemüht haben. Wenn ich schließlich wieder zu mir komme und sie immer noch da sind, Geräusche produzieren und auf und ab hüpfen, finde ich das meist ziemlich lustig. Aber vorher ist es, als fände alles in einer anderen Galaxis statt. Ich hob meinen Kopf und blickte in zwei Scheinwerfer, die auf das Tor gerichtet waren. Den Motor hatte ich gar nicht gehört; doch McLeod kam wieder angefahren. Ich sah zu, wie er die Riegel zurückschob, doch anstatt in seinen Wagen einzusteigen, kam er auf mich zu.

»Warum bist du nicht nach Hause gegangen?« fragte er mit seiner schneidenden Stimme.

Was konnte ich schon sagen? Mein Kopf war absolut leer. Also sagte ich nichts und saß da wie bescheuert.

»Steh auf!«

Ich stand auf, aber ich war so lange gesessen, daß ich fast stolperte. Überall, wo meine Jeans mit dem Gras in Berührung gekommen war, war sie naß. Der Nachtwind war kalt, wie immer hier oben. Mir war kalt, außen wie innen, und ich wußte, daß ich schleunigst nach Hause in ein heißes Bad müßte, wenn ich nicht eine dieser Erkältungen bekommen wollte, für die diese Gegend so berüchtigt ist.

»Wo wohnst du?«

»A-auf der a-anderen S-seite des H-hafens.« Diesmal stotterte ich nicht. Meine Zähne klapperten.

»Weißt du, daß du seit fast vier Stunden hier bist? Was hast du gemacht?«

Als ich keine Antwort gab, packte er strafend meinen Arm und stieß mich in Richtung Auto. »Steig ein.«

Anstatt zu wenden und mich zur Insel zurückzubringen, fuhr er zurück durchs Tor und den Weg hinauf; er blieb nicht einmal stehen, um das Tor wieder zu schließen.

Natürlich schoß der Hund von Baskerville heraus, um uns mit einem Gebell zu begrüßen, als ob er kaum sein Abendessen erwarten könnte: mich.

»Schon gut, Mickey. Ruhig!«

Mickey. Passend wie ›Mieze‹ für einen bengalischen Tiger.

»Steig aus«, sagte McLeod, beugte sich über mich und drückte meine Tür auf.

Wenn es absolut keine Alternative gab, kann ich recht tapfer sein, und da McLeod den einen Ausgang blokkierte und der Plötzliche Tod seine riesigen Kiefer durch mein Fenster schob, welche Wahl hatte ich da schon?

»Mach schon«, sagte McLeod. »Er tut dir nichts. Nicht, solange ich dabei bin.«

Ich stieg aus. Mickey stellte sich auf die Hinterbeine. Sein Gebell, das gut zum Jüngsten Tag gepaßt hätte, dröhnte wieder. Ich schloß die Augen.

»Sitz!« sagte McLeod.

Ich machte die Augen auf. Mickey saß auf seinem Hinterteil, sein Kopf befand sich auf gleicher Höhe wie meine Schultern; seine Zunge hing heraus wie ein Hackklotz.

»Kommst du?« fragte McLeod, der an der offenen Eingangstür stand.

Lange Zeit danach erkundigte sich Mutter oder sonst wer, wie das Haus drinnen aussähe. Niemand war jemals dort gewesen – jedenfalls nicht, solange man sich erinnern konnte. Man wußte lediglich, daß es ziemlich lange im Besitz einer einzigen Familie gewesen war. Aber niemand im Dorf, der noch lebte, hatte jemals einen Fuß hineingesetzt. Ich weiß nicht, was sie erwarteten. Draculas Gruselkabinett? Spinnweben an der Decke?

Jedenfalls war ich an jenem Abend nicht in der Verfassung, um irgend etwas wahrzunehmen.

»Geh geradeaus durch die Tür da am Ende der Diele«, sagte er, als ich über die Schwelle stolperte. »Das Licht ist an. Ich bin in einer Minute da.« Die Tür führte in einen kleineren Flur, dann in eine Küche. Es war ein großer Raum mit Steinboden und niedriger Decke. Eine altmodische Lampe, die ein gelbes Licht verbreitete, hing von einem Balken. An einer Seite unter einem Fenster war eine Spüle, in der Mitte standen ein großer Tisch und ein Stuhl. An der anderen Seite war, was Mutter einen nostalgischen Küchenherd genannt hätte, der eine wohlige Hitze ausstrahlte. Ich stellte mich mit dem Rücken dagegen; fast schob ich schon meinen Po auf die warme Herdplatte, als die Tür aufsprang und der Hund hereintrottete. Als er mich sah, blieb er stehen. Ein tiefes Knurren hub in seiner riesigen Kehle an. Ich stand erstarrt da. McLeod folgte; er hielt ein Glas mit einer goldfarbenen Flüssigkeit in der Hand. »Ruhig«, sagte er zu Mickey. Zu mir sagte er: »Trink das«, und reichte mir das Glas.

Ich gehorchte, und das Zeug brannte bis in den Magen hinunter. »Jetzt geh durch diese Tür und die Treppe hoch ins Bad oben. Ich habe heißes Wasser eingelassen. Leg dich rein und bleib so lange drin, bis dir wieder warm ist. Dann komm raus, trockne dich ab und zieh die Sachen an, die du dort findest. Sie werden dir zu groß sein, aber für den Moment tun sie's schon. Dann komm wieder runter. Und jetzt los, Marsch!«

Ich widersprach nicht, vielleicht, weil das Getränk mich schlapp gemacht hatte, oder weil ich zu durchfroren war, oder wegen eines gewissen Etwas in seiner Stimme.

Zwanzig Minuten später war ich wieder unten, aufgewärmt, trocken und ziemlich schläfrig. Der dunkelblaue Pulli, den ich anhatte, war wie ein Zelt. Die Hosen hatte ich bis zur halben Kniehöhe hochgekrempelt und mit dem Gürtel festgezurrt, den er mir hingelegt hatte; doch er mußte schlanker sein, als ich dachte: Die Hose saß gar nicht so übermäßig locker. Meine eigenen durchweichten Kleider hielt ich über dem Arm.

Als ich zurück in die Küche kam, stand er da und starrte aus dem Fenster über der Spüle zum Meer hinüber, das unten in einiger Tiefe lag; er hatte mir sein Profil zugewandt. Im matten Licht der Lampe und von jener Seite war seine Entstellung nicht so sichtbar. Was auch passiert war, es hatte seine Gesichtsknochen nicht beeinträchtigt, die wohlgeformt waren, mit einer leichten Adlernase, einer hohen Stirn und festen Kiefern. Dann drehte er sich um und wurde wieder zu Quasimodo. Es war nicht nur dieses schreckliche Rot. Die Narben warfen sich an manchen Stellen auf oder zogen Furchen wie auf einer Reliefkarte.

»Alles in Ordnung?« fragte er.

Ich nickte. »Ja, danke.«

»Auf dem Tisch steht Tee. Trink davon.«

Ich war nie besonders scharf darauf gewesen, herumkommandiert zu werden, aber irgendwie brachte ich keinen Protest hervor. Der Tee war heiß, süß, stark und hatte Milch drin. Insgesamt schmeckte er gut und brachte wieder etwas Klarheit in meinen Kopf. Ich erinnerte mich, warum ich hier war.

»Du kannst die Kleider im Lebensmittelgeschäft abgeben«, sagte er. »Ich nehm' sie dann bei meinem nächsten Einkauf mit. Jetzt fahre ich dich nach Hause.«

»Also, wegen der Nachhilfe«, begann ich verzweifelt.

»Ich habe nein gesagt.« Er drehte die Lampe wieder herunter und ging auf die Tür zu. Was ich fast für einen großen Vorleger vor dem Herd gehalten hatte, stand auf und nahm wieder Mickeys Gestalt an. Es gab nichts, was ich tun konnte. Ich folgte ihnen durchs Haus, zur Tür hinaus. Mickey mußte auf den Eingangsstufen sitzen bleiben, während McLeod und ich die Auffahrt hinunter zum Tor fuhren.

Wir fuhren die Straße auf den Klippen entlang, das Meer lag tief unter uns, die Lichter des Dorfs leuchteten weit weg und zogen sich in einem Bogen um den kleinen Hafen. Da sagte ich etwas Dummes, sogar für meine Verhältnisse. »Ich bezahle Sie«, sagte ich. »Papa hat mir etwas Geld hinterlassen, und ich habe ziemlich viel gespart. Sie können alles haben. Über dreitausend Dollar.«

»Ich will dein Geld nicht.« Er sagte es in einem völlig normalen Ton, aber ich schämte mich.

»Habe ich – habe ich etwas Falsches gesagt?«

»Ich weiß nicht. Hast du? Hattest du die Absicht?«

»Nein. Ehrlich. Es ist nur...« Meine Stimme brach ab. Die Sache mit Mutter erklären – oder sogar die mit Gloria –, das Gefühl, daß die Ecke, in die ich mich gedrängt fühlte, immer enger und enger wurde, wenn Gloria den ganzen nächsten Winter zu Hause bliebe, und den übernächsten und den überübernächsten – wie könnte ich das nur erklären?

In einem solchen Moment fangen Mädchen an zu weinen, vermute ich, und eine Minute lang, nur eine Minute, wünschte ich mir, ich könnte es auch, wenn ich damit dieses brennende Gefühl in mir wegwaschen könnte, das mich immer stärker zusammenschnürte. Aber ich konnte es nicht. Ich kurbelte das Fenster herunter, ließ mir von der Luft mein Gesicht kühlen und starrte auf den dunklen Wall von Bäumen, der vorbeiraste.

Nach einer Minute sagte McLeod: »Wofür ist die Prüfung?«

»Für das St. Matthew's.«

»Warum ist die Aufnahme dort für dich so wichtig?«

Als ich zu seinem Haus hinaufgelaufen war, hatte ich mir die ganze Sache zurechtgelegt, was ich sagen würde und so weiter. Es hätte Dschingis Chan im Grab erweicht. Jetzt herrschte in mir dank des Brandys oder Whiskys, den er mir verabreicht hatte, ein hoffnungsloses Durcheinander. Ich versuchte, mich wieder an die männlichen, geradlinigen Wendungen zu erinnern, die ich ausgefeilt hatte. Nichts kam. »Nun?« Es klang gereizt.

Ich wußte, daß ich etwas sagen mußte, obwohl ich nicht glaubte, daß er die leiseste Absicht hatte, seine Meinung zu ändern. Er würde die Sache zweifellos wahnsinnig witzig finden, der blöde Heini. Aber was hatte ich denn für eine Wahl?

Ich holte tief Atem. »Weil ich es satt habe, zu Hause mit drei Frauen zu leben, meiner Mutter und zwei Schwestern, vor allem, weil sie beide heller sind als ich und nichts als Einser schreiben – meine Schwestern, meine ich. Ich dachte, daß Gloria, meine ältere Schwester, die mich immer ... Na ja, auf jeden Fall wollte sie ins Internat. Aber jetzt geht sie doch nicht. Sie wird den ganzen Winter zu Hause rumhängen und das Jahr drauf und das nächste Jahr auch noch. Mich fertigmachen. Mich runtermachen.

Alles lächerlich machen, was ich tue. Wenn ich siebzehn bin, geh' ich zur Luftwaffe. Aber bis dahin sind es noch drei Jahre, und das halt' ich nicht aus.«

»Aha«, sagte er. »Wie heißt du?«

»Charles Norstadt.«

Er schaltete herunter, und wir fuhren bergab auf die Halbinsel und bogen dann rechts in die Straße ab, die den Hafen umrundete und auf der anderen Seite an meinem Haus vorbeiführte.

»Okay. Ich geb' dir Nachhilfe. Aber du mußt es machen, wie ich es für richtig halte, und das heißt, auf die knallharte Art. Bei der Prüfung hast du den ersten Anlauf sicher schon hinter dir. Am St. Matthew's kann man die Nachprüfung nur machen, wenn es notwendig ist. Ich nehme an, du bist beim erstenmal durchgefallen?«

»Ja«, flüsterte ich und fürchtete mich entsetzlich davor, daß er es sich wieder anders überlegen könnte.

»Hast du dich auf die Prüfung vorbereitet?«

»Nein.«

»Warum nicht, wenn du so dringend aufgenommen werden willst?«

Ich erklärte noch einmal, daß Gloria ihre Pläne umgeworfen hatte. »Das war nicht sehr weitsichtig, oder?«

»Nein.« Obwohl ich eine solche Angst hatte, daß er sein Angebot zurücknehmen würde, wußte ich, daß ich eine Sache lieber gleich von Anfang an klarstellen sollte. »Ich bin nicht sehr helle. Nicht wie meine Schwestern jedenfalls.«

»Wer hat dir das gesagt?«

»Praktisch jeder – außerdem machen sie in der Schule Tests.«

»Auf welche Schule bist du gegangen?«

Ich sagte es ihm. Er gab keinen Kommentar dazu. Dann: »Wo wohnst du übrigens?«

»Das erste Haus landeinwärts nach dem Dingi-Pier.«

Ein paar Meter vor dem Haus blieb er stehen. »Gut.

Morgen um acht bist du bei mir. Ich gebe dir jeden Vormittag drei Stunden Unterricht, fünf Tage in der Woche, dazu bekommst du genug Arbeit von mir für weitere drei Stunden. Das heißt sechs Stunden täglich, während du eigentlich Ferien haben solltest. Das wird hart sein. Aber falls ich je feststellen sollte, daß du dein Pensum nicht gelernt hast, brauchst du nicht mehr zu kommen. Bist du sicher, daß die Sache dir das wert ist?«

So hatte ich mir mit meinem üblichen Glück einen neuen Hitler eingehandelt.

Ich unterdrückte den Wunsch, mich mit einem ›Sieg heil‹ und einer filmreifen zackigen Armbewegung zu verabschieden, sondern sagte nur: »Ja, Sir.«

Ich sah klar vor mir, daß wir einen wunderhübschen Sommer verbringen würden, er und ich. Aber er brauchte mich nicht. Ich brauchte ihn. Und das wußten wir beide. Und zu allem anderen kam noch hinzu, daß ich ihn fünfmal wöchentlich drei Stunden täglich anschauen müßte. Ich weiß, daß es ziemlich schrecklich klingt, wenn ich so etwas sage, wie wenn jemand nicht mit einem Krüppel gesehen werden will. Aber ich kann nichts dafür. Das einzige, was ich noch schrecklicher finde, ist die Aussicht, die nächsten drei Jahre in Glorias Gesellschaft zu verbringen.

»Wo warst du?« fragte Mutter, als ich durch die Hintertür in die Küche kam. »Weißt du, wie spät es ist?«

»Neun«, sagte ich, obwohl ich wußte, daß es schon nach zehn war, und versuchte, den Raum so schnell wie möglich zu durchqueren.

»Es ist halb elf. Und geh nicht raus, solange ich mit dir rede. Hast du zu Abend gegessen?«

»Ja«, log ich und ging immer noch in Richtung Tür zur hinteren Treppe.

»Wo?«

Ich überlegte heftig, weil mir bis zu diesem Augenblick gar nicht klargewesen war, daß ich ihr nichts vom Nachhilfeunterricht bei McLeod erzählen wollte. Aber es war, als hätte ich diese Entscheidung längst gefällt, und ich mußte nur noch eine annehmbare Erklärung dafür finden, warum ich so spät heimkam und fremde Klamotten trug. Meine eigenen hatte ich auf dem Weg ins Haus über die Leine im Hinterhof geworfen.

»Und was sind das für Kleider?« fragte Gloria, als ob ihr meine Gedanken, die mir gerade durch den Kopf schossen, das Stichwort geliefert hätten.

»Pete Lansings. Ich bin bei der Anlegestelle ins Wasser gefallen, und Barney hat mir die Sachen geliehen.« Barney war Petes jüngerer Bruder. Pete war in Vietnam und entzog sich daher jeder Fragerei. Und Barney würde sich dumm stellen. Außerdem sollte er jeden Moment ins Zeltlager abfahren.

»Ich wünschte, du wärst vorsichtiger«, sagte Mutter. »Du könntest mit dem Kopf auf einen Felsen aufschlagen und dich ernsthaft verletzen. Das hier ist nicht Florida oder Long Island mit nichts als Sand am Grund.«

»Um sich zu verletzen, müßte er erst mal was drinhaben im Kopf«, näselte Gloria in schleppendem Tonfall, wie eine alte Bette-Davis-Heldin. Sie faßte McLeods Hosen ins Auge. »Ich wußte nicht, daß Pete so groß ist«, sagte sie. »Und in den Pulli würde er zweimal reinpassen.«

»Vielleicht hat es genügt, nicht mehr in deiner Nähe zu sein, um seine Wachstumshormone in Schwung zu bringen«, sagte Meg zu meinem Erstaunen. Sie saß lesend am Tisch, trank Malzmilch und arbeitete sich durch eine Schachtel Schokokekse. Es stimmte, daß Pete Lansing mal scharf auf Gloria gewesen war, wie alle anderen älteren Jungs. Aber bei keinem von ihnen hielt dieser Zustand länger an. Was einer der Gründe war, warum Gloria so sauer ist. Oder vielleicht verhält es sich auch umgekehrt.

»Wenn du so weiterfrißt«, sagte Gloria zu Meg, »werden überhaupt keine Jungs in deine Nähe kommen.«

Meg nahm sich noch einen Keks. Aber ich sah, wie ihre Wangen rot wurden. Eine Hand wäscht die andere. »Vielleicht kommen nicht so viele wie zu dir«, bemerkte ich scharf, »aber ich wette, daß jeder, der sie mag, sie auch weiter mögen wird. Fett kann man außerdem abspecken, aber gegen eine von Natur aus abstoßende Persönlichkeit läßt sich nicht viel tun.«

Gloria wird nicht rot, wenn sie in Rage gerät, wie Meg. Sie wird weiß, und eine Minute lang sah sie aus wie Magermilch. Sie stand auf. »Laß mich mal das Etikett in den Hosen sehen«, sagte sie, und ihre Hand schnellte in meine Richtung.

Nun, das war ganz schön schlau von ihr. Pete war ein Snob, wenn es um Jeans ging, die er nur ›Levi's‹ nannte. Nur die echten Kuhtreiberhosen waren ihm gut genug. Seine kamen aus Jackson, Wyoming, wo er jeden Sommer auf einer Ranch gearbeitet hatte, bevor er zum Militär ging. Ich wußte nicht, wo McLeod seine Jeans gekauft hatte, die ich gerade trug, aber die Chance, daß sie aus Jackson, Wyoming, stammten, waren gleich Null.

Zufällig lag ein Lineal auf dem Tisch, warum, weiß ich nicht. Aber da lag es wie die Schlange im Garten Eden, und natürlich hob ich es auf und schlug damit ihre Hand weg. Vermutlich habe ich fester zugeschlagen, als ich es eigentlich vorhatte... Das einzige, was ich über das Folgende sagen kann, ist, daß sich keiner mehr damit befaßte, wo ich gewesen war und was ich gemacht hatte.

Mutters Predigt dauerte meinem Gefühl nach eine halbe Stunde, während sie Glorias Hand badete und das Blut aufwischte, das aus dem Schnitt quer über ihre Handfläche geflossen war. Die dünne Stahlschiene am Rand des Lineals hatte die Innenseite ihrer Hand aufgeschlitzt, und es hatte keinen Zweck, daß ich sagte, ich hätte es nicht absichtlich gemacht. Gloria schluchzte, als hätte ich mit einem Schnappmesser auf sie eingestochen, und meine Mutter fand kein Ende mit ihren Vorhaltungen über mein gefährliches aufbrausendes Temperament.

»Du entschuldigst dich bei Gloria, hörst du?« sagte Mutter, als ich wieder versuchte, mich über die Hintertreppe abzuseilen. »Wenn nicht, dann kommen wir rauf und bleiben in deinem Zimmer, bis du es tust.«

Was hätte ich darum gegeben, um sagen zu können: »Dann bleibt halt!« Aber Mutter hatte früh erkannt, daß dies die einzige Drohung war, die bei mir wirkte. Der ganze Rest des Hauses – oder der Wohnung in New York – gehörte ihnen. Mein Zimmer war mein Revier, und ich bezahlte den Preis dafür, meist eine Entschuldigung, damit es so blieb. Ich machte kehrt und latschte die Treppe wieder runter.

»Es tut mir leid«, sagte ich – eine faustdicke Lüge; ich kreuzte dabei meine Finger hinter dem Rücken. Insgeheim dachte ich: *Ich hoffe, du kriegst Wundstarrkrampf und verreckst.* Dann packte mich eine Art abergläubisches Entsetzen. *Gott, das habe ich nicht wirklich gemeint,* dachte ich schnell. *Bitte mach es ungeschehen.* Das wollte ich nun auch wieder nicht auf meinem Gewissen haben. Mitten im Tumult, den der Strubbel als *Sturm und Drang* zu bezeichnen pflegte, stieß der alte Barry Notnagel die Fliegengittertür auf und kam herein.

»Hallo, ihr alle«, sagte er, als sei es mitten am Nachmittag und jeder säße mild gestimmt und fröhlich herum.

»Hallo«, sagte Meg.

»Hi, Schätzchen.«

Meg steht auf Barry. Warum, kann ich mir nicht vorstellen; vielleicht verbindet sie gemeinsames Leid. Sie sind beide übergewichtig. Sie schenkte ihm ihr bestes Grinsen, bei dem sogar mit Zahnspangen und Kekskrümeln einige Volt zusammenkommen.

Er grinste zurück. »Was ist denn hier los?«

Der ganze Tisch war mit Pflaster übersät, die Küche roch durch das Desinfektionsmittel wie ein Krankenhaus,

Gloria saß tränenüberströmt da und tat, als sei sie vergewaltigt worden; ich verstehe schon, warum er fragte. Aber es war genau das Stichwort, um das Gloria, die Leidgeprüfte, gebetet haben mußte. »Gegen Chucks Anfälle von Paranoia muß jetzt einfach etwas unternommen werden. Bei seinem bisherigen Werdegang und dem Charakter seines Vaters...«

Ich erreichte mein Zimmer und schaffte es knapp, nicht die Türe zuzuknallen. Gloria, das Ekel, wußte immer, wo sie ihren Stachel hineintreiben mußte, einer der Gründe für ihre allgemeine Beliebtheit...

Ich versetzte dem Papierkorb einen Fußtritt und schaute zu, wie die Papierfetzen, Bonbonpapierchen und Erdnußschalen von den Wänden prallten und sich über den ganzen Fleckerlteppich verteilten. Ich dachte, wie stinkbeschissen alles wäre. Sechs Stunden Arbeit täglich, Himmler McLeod, und wenn alles klappte, ein mieses Internat im Herbst, wo man wahrscheinlich sechsmal am Tag im Gänsemarsch zur Kapelle abkommandiert wurde.

»Aber du hast doch erreicht, was du wolltest«, sagte die Judasstimme in mir, die sich immer dann einmischt, wenn ich gerade anfange, mein eigenes Elend zu genießen.

In der Nacht ließ ich mir meine spontan gefaßte Entscheidung, Mutter oder Gloria nichts von den Nachhilfestunden bei McLeod zu erzählen, noch einmal durch den Kopf gehen; Meg allerdings würde ich's vielleicht sagen, weil es ihre Idee gewesen war. Doch sonst niemand, denn in einer kleinen Sommerfrische wie bei uns würde die Nachricht in weniger als 24 Stunden die Runde machen. Ich bin nicht sicher, warum ich mich mit solcher Bestimmtheit dagegen entschieden hatte, abgesehen von dem üblichen Grund, daß Gloria nach Kräften hineinpfuschen würde, falls sie entdeckte, daß mir etwas wichtig war. Wenn man an die Gefühle denkt, die wir füreinander hegen, sollte man meinen, sie müßte doch *glücklich* sein, wenn ich im Internat und sie zu Hause wäre. Aber dem ist nicht so. Mir fällt dazu nur ein, daß es bei mir irgendwas mit Macht zu tun hat. Vor langer Zeit einmal, als Gloria mir gegenüber wieder einmal alle ihre Register zog, fragte ich Mutter: »Warum benimmt sie sich so zu mir? Ich meine – was habe ich ihr denn je getan?«

Mutter bügelte gerade; ich glaube, wir waren hier oben auf der Insel. Ich erinnere mich, daß sie Shorts trug und ein langes pinkfarbenes Hemd, das einer ihrer Ehemänner zurückgelassen hatte. Mit ihren dunklen Haaren sah sie jünger als Gloria aus, könnte ich schwören – eher wie Meg nach einer erfolgreichen Diät. Jedenfalls bügelte sie eine Weile weiter und sagte dann: »Du bist auf die Welt gekommen, Charles, das hast du ihr angetan.«

»Aber das ist doch nicht meine Schuld.«

»Nein. Aber als sie drei war, damals bei deiner Geburt, wußte sie das noch nicht. Sie wußte nur, daß jemand gekommen war, der nicht nur meine Aufmerksamkeit von ihr weg auf sich lenkte, sondern auch die ihres brandneuen Stiefvaters, mit dem sie bereits flirtete.«

»Aber sie haßte meinen Vater doch. Sie erzählt mir immer, was für ein blöder Kerl er gewesen ist – wie du auch.«

Das war einer jener Augenblicke, in denen ich das merkwürdige Gefühl hatte, es geschähe etwas, das mir die ganze Sache zwischen Mutter und mir begreiflich machte; aber es geschah doch nicht ganz. Eine Minute lang sah sie furchtbar unglücklich aus – schwer getroffen sozusagen. Wenn sie so aussieht, überkommt mich dieser kuriose Wunsch, sie zu beschützen, und ich muß mich beherrschen und mir ins Gedächtnis rufen, daß, falls ich meinem Wunsch nachgeben sollte, die Tore hinter mir ins Schloß fallen und mich einsperren würden. Und so biß ich die Zähne zusammen und sagte nichts.

»Charles – ich hatte nie die Absicht... ich wollte nicht...«

Ich wollte ihr sagen, daß alles in Ordnung sei und ich es nicht so gemeint hätte. (Was gemeint? Ich war nicht sicher, aber es spielte keine Rolle.) Ich wollte sie auf die Wange küssen und ihr sagen, daß ich schon alles managen würde. Ja, das wollte ich. Es ist unglaublich aber wahr. Ich erinnere mich sehr gut daran – und dann ging die Tür auf, und Gloria kam rein. Mutters Gesicht verschloß sich. Sie wandte mir den Rücken zu, um ein weiteres Stück Bügelwäsche aufzuheben, und als sie sich wieder umdrehte, sagte sie nur: »Wir hatten nicht immer solche Gefühle ihm gegenüber.«

Wir, dachte ich. Plötzlich waren sie und Gloria wieder ein Team. Sie waren auf der einen Seite, Papa und ich waren auf der anderen, und sie konnten zueinander nicht kommen und der ganze Schmäh. Nur hatte die Sache ein wenig Schlagseite, weil ich mich kaum noch an meinen Vater erinnern kann. Ich erinnere mich an einen großen Mann mit blonden Haaren wie den meinen und an sein Lächeln, und daß er mich auf seine Schultern hob, die ungefähr einen Kilometer hoch waren. Hinter ihm lag das Meer. Ich erinnere mich weniger daran, wie es ausgesehen hat, als an das Gefühl dabei. Und es war ein Gefühl von Glück. Als ob alles mit allem anderen in Beziehung stünde und einen Sinn hätte.

Jedenfalls wußte ich, daß es keine gute Idee wäre, woanders als bei meiner ausgeflippten kleinen Schwester herumzuposaunen, ich würde beim Mann ohne Gesicht ein- und ausgehen. Die Leute betrachteten ihn mit Argwohn, und Mutter ging sehr konform mit der Norm. Sie kann es nicht leiden, wenn sich jemand exzentrisch benimmt. Und exzentrisch war McLeod allemal.

Meine Abwesenheit tagsüber brauchte keinen Verdacht zu erregen, weil ich fast immer vor dem Rest der Familie aufstand und draußen war, bei den Jungs am Hafen unten. Und daß ich zu Hause erst zum Abendessen eintrudelte, war sowieso die Regel. Es machte sich alles ganz gut. Jetzt brauchte ich nur noch die Bücher, die ich auf die Insel mitgebracht hatte, zu McLeods Haus hinaufzuschaffen, und davon gab es eine gewaltige Ladung.

3

Nach gelegentlichen Verschnaufpausen auf dem Weg kam ich am nächsten Morgen um halb acht schwitzend bei McLeods Tor an; die Bücher schleppte ich in zwei Einkaufstaschen, die ich aus der Küche geklaut hatte.

Ich schnappte ein bißchen nach Luft, dann drückte ich das Tor auf und begann, den Weg hochzulaufen. Selbstverständlich ließ sich das vertraute, haarsträubende Knurren hören, und mein bester Kumpel Mickey kam um die Kurve gesprungen. Ich stand stocksteif. »Guter Mickey«, sagte ich und setzte meine Hoffnung auf Schmeichelei.

Das riesige Tier kam schnurstracks auf mich zu. Ich schloß die Augen. Alles war still. Ich wußte, daß ich noch lebte, weil ich mein Herz klopfen spürte. Ganz langsam öffnete ich die Augen. Mickey saß einen halben Meter vor mir, die Zunge hing ihm heraus, und er hielt den Kopf mit den gespitzten Ohren schief. Etwa sechs Meter hinter ihm war McLeod. Er saß auf einem Pferd.

»Du kommst zu früh.«

»Ja.«

»Was ist in den Taschen?«

»Bücher von der Schule.«

»Du hättest sie nicht mitzubringen brauchen. Ich habe andere.« Vielen Dank für die Auskunft, dachte ich. McLeods Pferd war eindeutig nervös. Es wich immer zurück oder tänzelte zur Seite und warf den Kopf herum, was seltsam war, da er die Zügel gar nicht straff hielt. Ich schaute, ob McLeod es mit den Sporen reizte, was gut zu ihm gepaßt hätte, aber das tat er nicht. Das Pferd war wirklich schön, ein Brauner mit goldenen Lichtern. Pferde kommen bei mir gleich nach Flugzeugen.

»Warum ist es so nervös? Ihr Pferd?«

»Weil du dastehst. Es mag keine Fremden. Geh weiter zum Haus hinauf.«

Das bewies klar, wie psychotisch der Mann war, dachte ich, als ich die Bücher diesen praktisch neunzig Grad steilen Hang hinaufschleppte. Na ja – mindestens fünfundvierzig Grad. Ich bin in meinem Leben immer wieder geritten, wenn ich die Gelegenheit dazu hatte, und konnte beobachten, daß der Reiter derjenige ist, der ein Pferd nervös macht, nicht ein harmloser Passant – vor allem, wenn dieser bereits von des Menschen bestem Freund in Schach gehalten wird, von Mickey.

Nach ein paar Minuten hatte ich die letzte Baumgruppe hinter mir und sah jetzt im Tageslicht die Landspitze mit dem Haus darauf in voller Pracht – echt toll. Die Aussicht jedenfalls. Das Haus war direkt dem Atlantik zugewandt, der an diesem Morgen in der Frühsonne von einer Art schleierzartem Purpurblau war und am Horizont leicht verschwamm. Von meinem Standpunkt schien es, als ragten die Spitzen der Klippen halb bis in den Himmel. Unten war nichts zu sehen von den Felsen, der Halbinsel, dem Hafen und dem Dorf, die rechts liegen mußten, wie ich wußte. Zwischen mir und dem Haus dehnte sich ein breites Stück Grasland, auf dem hier und dort wie Tupfen ein paar knorrige, vom Wind gebeugte Bäume wuchsen.

Das Haus war alt, das konnte man am Dach, an den Fenstern und der Galerie oben sehen. Und irgend etwas an dem Haus – vielleicht die Tatsache, daß es einen neuen Anstrich nötig hatte – erinnerte mich an jenen Witwenausguck, und wie eine Frau stunden- und tagelang darauf herumgelaufen ist und auf ein Schiff hoffte und danach Ausschau hielt, das nie zurückkehren sollte. So eine Art Haus war das.

Ich stand da, glotzte und verschnaufte zum x-ten Mal, als ich hinter mir das Geräusch von Hufen hörte. Ich drehte mich um und sah, wie McLeod über die Schranke zwischen zwei Bäumen setzte, die Absperrung am Ende eines Wegs, der durch die Bäume nach unten zu führen schien. Dann galoppierte er hinter mir zu einer kleinen Scheune, die an der anderen Seite des Hauses angebaut war. Er stieg ab und führte das Pferd hinein.

Nach einer Weile kam er wieder heraus und ging auf die Haustür zu, bei der ich wartete.

»Die Tür ist offen«, sagte er barsch.

Ich drückte die Klinke hinunter und ging in die Diele, an die ich mich vage vom Vorabend erinnerte. Im Tageslicht wirkte sie kleiner. Der Boden bestand aus breiten Eichendielen, dann war da noch die Treppe. Kein Teppich; nur eine Truhe an der Wand.

»Nach links«, sagte McLeod, der mir nachkam.

Wir traten in einen großen Raum. Außen war das Haus vielleicht schäbig, aber innen war es wirklich in Ordnung. Das heißt, wenn man Bücher mag. Es gab zwei Wände voll davon. Auch standen darin bei den Fenstern, die zu den Klippen hinausgingen, ein großer Schreibtisch, ein Tisch und zwei große Sessel.

»Leg die Bücher dort auf den Tisch«, sagte McLeod. Er trug irgendeine dunkle Hose, die in schwere Stiefel gestopft war, und einen grauen Pullover. Sein Alter war schwer zu schätzen. Er war schlank und sah sportlich aus, doch in seinen Haaren hielt das Grau dem Schwarz die Waage, und die Gesichtshälfte, die nicht aus rohem Steak bestand, wies Falten auf. Vielleicht war er vierzig, vielleicht fünfzig.

Ich schleppte die Taschen hinüber und holte die Bücher heraus. McLeod ging sie durch. »Okay«, sagte er nach einer Weile. Er ging zum Schreibtisch hinüber und zog eine Schublade auf. »Hier ist Papier. Schreib dreihundert Wörter zu einem beliebigen Thema.« Da hatte er gleich ins Schwarze getroffen. Ich schreibe nicht gern – wenigstens nicht für die Schule. »Aber das gehört nicht zu...« – ich machte eine Handbewegung zu den Büchern hin – »zu dem Zeug, was ich wissen muß.«

»Ich dachte, du hättest eingewilligt, nach meiner Methode zu arbeiten.«

»Ja, aber...«

»Aber was?«

»Ich muß Sozialkunde büffeln, Mathe, Latein und Englisch.«

»Das ist englischer Aufsatz, oder hast du das noch nicht gemerkt?« Pause. »Hast du jemals einen Aufsatz geschrieben?«

»Schon lange nicht mehr – und außerdem wird das in der Prüfung nicht verlangt.«

»Woher weißt du das?«

»Letztes Mal war es so.«

»Okay, Charles. Pack deine Bücher zusammen. Ich fahre dich bis zur Halbinselbrücke.«

Es folgte ein kurzes Schweigen, währenddessen ich ihn haßte. Mickey, der vor dem ungeheizten Kamin lag, fand einen Floh und begann, ihn zu bearbeiten. Ich dachte an die Luftwaffe, und ob ich denen weismachen könnte, ich sei siebzehn, wenn ich den ganzen Sommer trainierte und mich mit Vitaminen vollstopfte. Ich kannte die Antwort: nein.

»Wir machen es nach meiner Methode oder überhaupt nicht«, sagte McLeod, falls mir die Bedeutung seiner Worte entgangen sein sollte; war sie aber nicht.

»Habe ich dann überhaupt nichts zu melden?« Auch darauf kannte ich die Antwort. Was zum Teufel, glaubte er, wer er wäre? Ein Pauker natürlich, von der Sorte, die ich vergessen hatte. Richte dich nach mir, oder...

»Okay«, sagte ich und starrte auf den Tisch hinunter.

»Schau mich an!«

Ich schaltete auf stur und tat es nicht.

»Schau mich an, habe ich gesagt.«

Ich kann nicht sagen, daß seine Stimme lauter geworden wäre, aber trotz meiner Entschlossenheit, es nicht zu tun, riß ich heftig und rasch meinen Kopf hoch.

»Jetzt hör mir zu, Charles. Ich sage dir das nur einmal. Ich habe in einem Moment von – Mitleid – eingewilligt, dir Nachhilfe zu geben, was ich jetzt bedaure. Aber ich stehe zu meinem Wort. Und wenn du bleiben willst, wirst auch du zu deinem Wort stehen. Ich werde dir meine Lehrmethode nicht erklären, ich bin an deiner Hochschätzung nicht interessiert. Es ist mir egal, ob du mich magst oder ob du mich haßt. Aber du wirst diese Prüfung bestehen; und wenn ich zu irgendeinem Zeitpunkt glaube, daß du durchfällst, weil du nicht tust, was ich dir sage, dann hören wir auf. Ist das klar? Hast du das geschluckt? Denn wenn du das nicht tust – und zwar hundertprozentig –, dann kannst du jetzt gehen.«

Das Wort ›Mitleid‹ war gezielt gewählt; sogar bei aller Wut, die ich spürte, erkannte ich das. Und es machte mir alles klar, die Stichelei, die Einschüchterung: Er wollte gern einen Rückzieher machen. Aber er hatte nicht den Mumm, mir zu sagen, daß er es sich anders überlegt hätte. Leute wie er geben es nie zu, wenn sie ihre Meinung ändern. Sie drehen es so hin, daß du es für sie tust. Ich dachte, daß er in gewisser Hinsicht wirklich den Vogel abschoß – er ließ Gloria beinahe in gutem Licht erscheinen. Im Moment fand ich sie gar nicht mehr so wichtig. Dann begann ich, die ganze Außenwelt zu verdrängen, weil sie so mies war. Ich spürte, wie ich abschaltete. Die Dinge verletzten mich nicht mehr so. Ich zog mich zurück, jedenfalls innerlich, und er beobachtete mich dabei. Vom Nasenflügel zog sich auf der unvernarbten Gesichtsseite eine Falte zum Mund hinunter. Damit sah er so hinterhältig aus wie eine Schlange, befand ich. Und seine Augen, die tief in dem verbrannten Fleisch saßen, waren so fahl, daß man das Gefühl hatte, durch Fenster ins Nichts zu blicken. Ich hörte meine Stimme fast wie aus der Ferne. »Ich bleibe.«

»Warum?«

Weil ich dich hasse wie die Pest, war der Grund. »Ich will die Prüfung bestehen.«

»Bist du sicher?«

»Ja. Ich bin sicher.« Merkwürdig, wie ruhig ich mich plötzlich fühlte.

Mit einem Kopfnicken wies er auf die Blätter des linierten Papiers. »Okay. Dreihundert Wörter.«

Ich schrieb seine blöden dreihundert Wörter und saß am Tisch, während er es sich in einem der Ledersessel bequem gemacht hatte und die Bücher, die ich mitgebracht hatte, noch einmal durchging. Mickey lag vor dem leeren Kamin, schnaubte und zuckte, während er davon träumte, Kaninchen oder – mit größerer Wahrscheinlichkeit – Menschen zu jagen. Ich mußte mich lediglich abmühen, die tausend Wörter des Originalaufsatzes von Jake Rodman, Joeys älterem Bruder, auf dreihundert zusammenzukürzen.

Jake hatte damit an seiner Schule einen Preis gewonnen; zum Glück ging er nicht in dieselbe wie Joey und ich, und seine stolze Mutter hatte ihn aufgehoben. Ich hatte ihn schon dreimal bei drei verschiedenen Lehrern eingesetzt, jedesmal mit einem anderen Titel, und beim ersten Mal bekam ich zu hören, ich lege nicht nur kreatives Talent an den Tag, sondern auch ein reifendes soziales Bewußtsein. Der ursprüngliche Titel lautete *Warum das System verändert werden muß*. Als Jake den Aufsatz schrieb, wurde er in seiner Schülerzeitung veröffentlicht, und eine Gruppe aus der Abiturklasse diskutierte vor versammelter Schule, Fakultät und Elternschaft darüber. Es war wirklich ein Riesenknüller. Seine Eltern waren so angetan, daß sie ihm eine Europareise schenkten, und die Schule überredete ihn, sich in Harvard zu bewerben, wo er prompt angenommen wurde. Wie könnte ich selbst Besseres zustande bringen? Joey hatte mir das Ding angeboten, als ich drauf und dran war, mir die Kehle wegen eines Aufsatzes durchzuschneiden, bei dem ich absolut nichts zustande brachte; er sagte, niemand würde es merken. Dabei veränderte ich hier und da ein paar Wörter, nur um sicherzugehen, und gab ihn ab.

Mann, hab' ich wirklich Lorbeeren dafür eingeheimst! Sogar die Schüler-Linke wirkte beeindruckt. Es war wirklich zum Brüllen. Als ich ein Jahr später wieder eine Englischarbeit schreiben mußte, fabrizierte ich noch ein paar Wörter dazu, änderte wieder einmal den Titel, fügte ein langes Zitat ein, das Joey in der neuesten Ausgabe einer Philosophiezeitschrift gefunden hatte, und gab die Arbeit ein zweites Mal ab. Wieder bekam ich eine Eins – die zweite in meinem Leben. Der Englischlehrer engagierte sich nicht so stark fürs schulische Leben wie der Sozialkundetyp, denn er sei, wie er uns erklärte, gerade in Therapie, und sein Psychoheini sei der Ansicht, er müßte seine Libido vor allem auf seine Psychodramagruppe richten, die jeden Abend stattfand. Das war, nachdem er in der Klasse eingeschlafen war, während wir laut ein Ginsberggedicht gelesen und seine Bedeutung für die gegenwärtige Revolution diskutiert hatten. Ein oder zwei der reaktionären Typen äußerten die Ansicht, er sei wahrscheinlich voll bekifft gewesen, doch unsere Meinungsführer schrien sie nieder; sie drohten, falls die ›Reaktionäre‹ noch mehr von solchem konterrevolutionärem Mist abluden, würden sie nicht mehr heil aus dem Schulhof kommen... Jedenfalls machte der Lehrer, nachdem seine Libido anderweitig gebunden war, kein großes Gesumse um meine Arbeit, ich meine, er las sie nicht laut vor oder sonstwas, was mir ganz recht war, weil ein paar Jungs von der Klasse den Text sofort wiedererkannt hätten. Er gab mir einfach eine Eins. So viel Erfolg ermunterte mich; außerdem dachte ich, es sei blödsinnig, eine offensichtlich gute Sache brachliegen zu lassen, und so startete ich einen weiteren Versuch bei dem neuen Politologielehrer...

Nun, nachdem sich der ganze Staub gesetzt hatte, Mutter zum Direktor vorgeladen worden war und ich wieder einmal die Runde bei den Schulpsychologen gedreht hatte, merkte ich, daß ich des Guten zuviel getan hatte und der zopfige alte Spruch, *Alles mit Maßen,* schlichtweg eine gewisse Wahrheit enthielt.

Doch Quasimodo-Iwan-der-Schreckliche McLeod war mit dem Aufsatz noch nicht in Berührung gekommen, und inzwischen konnte ich ihn schon recht gut auswendig. Daher wärmte ich die alte Soße auf und servierte sie neu; nur gelegentlich, um der äußeren Wirkung willen, falls er mal herschauen sollte, hielt ich inne, starrte stirnrunzelnd in den Kamin oder kaute an meinem Kugelschreiber. Es war ein Fehler, und ich sah sofort, daß ich es hätte wissen müssen. Er überflog die Blätter im Blitztempo.

»Aha«, sagte er, nachdem er sie gelesen hatte, »du bist also ein Grübler in Sachen Sozialphilosophie. Wer hätte das gedacht?«

Es schien mir am sichersten, gar nichts zu sagen.

»Nur schade, daß deine Beherrschung der Rechtschreibung und Grammatik deinem Verständnis der wichtigen Gegenwartsprobleme so gar nicht ebenbürtig ist.«

Nun, darauf hatte ich eine Antwort. »Grammatik ist ein rassistisches Mittel zur Unterdrückung der Sprache des Volkes.«

»In der Tat? Nun, ich fürchte, daß du entweder deine revolutionären Ansichten über Grammatik und Rechtschreibung aufgeben mußt oder aber deine Absicht, aufs St. Matthew's zu gehen. Wofür entscheidest du dich? Die sind dort ziemlich reaktionär, was Dinge wie Grammatik und Rechtschreibung betrifft.«

»Ich dachte, das St. Matthew's sei ziemlich drittklassig – die nehmen doch praktisch jeden.«

»Du hast's offensichtlich nicht geschafft.«

»Nun, Sie wissen schon, was ich meine.«

»Du meinst eine Schule, wo du ungeschoren mit dem Quatsch davonkommst, den du an deiner jetzigen Schule abzugeben pflegst – wie den da, zum Beispiel.« Und er warf die Blätter auf den Tisch.

Behutsam tastete ich mich vor. »Sie meinen, daß die Argumente falsch sind?«

»Um falsch oder richtig geht es nicht. Du hast den Aufsatz nicht geschrieben.«

Ganz recht. Aber wie hatte er es herausgekriegt? Keiner der anderen Lehrer, denen ich den Aufsatz vorgelegt hatte, hatte es gemerkt, nicht einmal der letzte, bis er in seiner anfänglichen Begeisterung begonnen hatte, den Aufsatz in der Klasse laut vorzulesen, und sofortiges Feedback bekommen hatte. »Hast du ihn geschrieben?« Die eigenartigen hellgrauen Augen bohrten sich über wulstige Lippen roten Fleisches hinweg in mich hinein.

»Nein.«

»Vom wem stammt er?«

»Von Jake Rodman. Er ist der ältere Bruder meines besten Freundes, Joey. Er studiert jetzt an der Harvard-Universität.« Ich weiß nicht, warum ich das hinzufügte, vielleicht, um ihm zu zeigen, daß ich nur Bestes, Achtzehnkarätiges kopiert hatte. Er überraschte mich mit einem kurzen Auflachen, allerdings mehr bissig als heiter. »Wenn du mir jemals wieder einen solchen faulen Zauber abgibst, gelten die alten Regeln wie bekannt. Raus. Denk dran, es ist deine Entscheidung. Willst du lernen oder nicht? Du bist zu mir gekommen. Nicht ich zu dir. Wer tut hier wem einen Gefallen?« Nach einer weiteren unserer Schweigepausen sagte er: »Hast du jemals etwas ganz Eigenständiges geschrieben?«

Da bohrte er wieder im wunden Punkt herum. »Ja.«

»Worüber?«

Ich sah, daß ich dem Thema nicht ausweichen konnte, und sagte widerstrebend: »Über ein Flugzeug, das ich beschrieb, als ob es eine Person wäre; wie die Arbeit daran begonnen hatte, und wie es sich fühlte, als es zum ersten Mal in die Luft abhob.«

»Nun? Was war damit? Was hast du dafür bekommen?«

»Der Lehrer sagte, der Aufsatz sei unbenotbar.«

»Warum das?«

An dieses Ereignis erinnerte ich mich nicht besonders gern. Der neue Soziologielehrer war uns mit demselben Trick gekommen wie McLeod – wir sollten etwas über ein beliebiges Thema schreiben. Also schrieb ich die Sache mit dem Flugzeug. Wie konnte ich ahnen, daß ihn jede technische Erfindung seit dem Rad zur Raserei brachte, daß er eine Einmann-Lobby gegen die Technokratie war? Nun, als er mit meinem Aufsatz durch war, wußte jeder darüber bestens Bescheid. Man hätte glauben können, Bob Hope stünde vor der Klasse, wie er so mit Einsatz von Mimik und Gesten und einer Art fortlaufendem Kommentar zwischen den Sätzen vorlas. Die Leute kugelten johlend zwischen den Tischen herum. Es war einer der komischen Höhepunkte des Schuljahrs. Außer, daß ich es nicht so komisch fand. Als er fertig war, sein Taschentuch herauszog, sich die Augen trocken wischte und wieder ernst wurde, ließ er eine spritzige Rede über Ökologie und Natur und ein Leben in Harmonie mit Mutter Erde vom Stapel, und was Amerika und die Technokratie getan hätten, um den Planeten zu ruinieren. Dann zerriß er meinen Aufsatz und warf ihn in den Papierkorb und ging zum nächsten über...

Sogar der Strubbel, der damals mit Mutter verheiratet war, meinte, der Lehrer sei ein bißchen zu weit gegangen, nachdem er und die Polizei mich an der Schnellstraße nach New Jersey aufgespürt hatte, von wo aus ich nach Colorado zu trampen versuchte. (Die Akademie der Luftwaffe ist in Colorado, und obgleich ich wußte, daß ich keine Chance hatte, dort reinzukommen – nicht in meinem Alter und ohne wenigstens einen High-School-Abschluß vorweisen zu können –, dachte ich, ich könnte dort lange genug im Umfeld herumschnuppern, um herauszukriegen, wie man sich am besten bewirbt. Aber ich kam nur bis zur nächsten Tankstelle nach dem Tunnel!)

McLeod starrte mich an. Ich konnte keinen Gedanken fassen, was ich hätte sagen können. Ich meine, mir fiel absolut nichts ein. »Also los, warum hat er gesagt, er könne dir keine Note darauf geben?«

Ich holte vorsichtig Atem. »Er haßt Flugzeuge. Sie wissen schon – Ökologie, Antitechnokratie und das ganze Zeug. Kann ich jetzt gehen?« Ich wußte nicht, ob die drei Stunden schon um waren oder nicht, aber ich wollte jetzt raus hier.

»Erst in einer Stunde. Wir müssen schauen, welchen Stoff du nach den Sommerferien beherrschen mußt, und ich gebe dir deine Hausaufgabe für morgen.«

Eine Stunde später entließ er mich endlich. Ich rannte den Weg hinunter, Mickey hinter mir her, mit abscheulichem Gekläff, aber inzwischen war ich dahintergekommen: Er machte nur viel Lärm.

Tat es mir leid, daß ich mich in diese Sache hineinmanövriert hatte? Ja, sehr. Würde ich diesem Scheusal McLeod alles vor die Füße knallen und mich mit Gloria und ihrem Ebenbild, Mutter, abfinden? Nicht, wenn ich im Herbst auf und davon wollte. Ich fühlte mich wie eine Maus in der Falle.

4

Man könnte die Ereignisse, die zu dieser schrecklichen Nacht Ende August führten, in drei Abschnitte einteilen. Die nächsten paar Wochen, in denen nicht viel passierte, außer daß ich täglich zu McLeod ging und einen Berg Hausaufgaben heimschleppte, waren Abschnitt eins.

Alles lief sehr ruhig. Nicht einmal Gloria nahm mich wie üblich unter Beschuß, weil sie gerade mit ihrem neuen Freund beschäftigt war, Percy Minton; während der entscheidenden Stunden, in denen ich meine Hausaufgaben machte, bis ich gegen halb vier für den Rest des Tages frei hatte, lag sie hingegossen am Strand oder trieb sich bei der Bootsanlegestelle herum.

Mutter bewahrte eine Art feindseliges Schweigen. Natürlich wußte sie nicht, wo ich schon so früh am Vormittag war. Und zum erstenmal in meinem Leben war ich dankbar, daß Mutter eindeutig den Nachtigallen zuzurechnen ist, wenn man mit Barry Notnagel die Welt in Nachtigallen und Lerchen einteilte. Mutter steht vielleicht schon um sieben oder acht auf, das heißt, ihr Körper begibt sich in die Senkrechte, aber zu funktionieren beginnt sie erst gegen elf. Falls sie also bei meiner Rückkehr von McLeod in der Küche beim Kaffee saß oder ziemlich ziellos herumwirtschaftete, sagte sie meist gar nichts und nahm einfach an, daß ich mit den Jungs draußen am Strand oder am Pier gewesen bin. Wenn sie doch fragte, sagte ich einfach: »Hier in der Gegend«, und meist akzeptierte sie diese Antwort, denn eines der guten Dinge an der heutigen Zeit ist, daß wir die Angehörigen der älteren Generation gründlich erzogen haben. Wenn sie allzu neugierig herumschnüffelte, läßt man einfach Worte wie ›autoritär‹ oder ›überkompensatorisch‹ einfließen, und durch das Fernsehen und all diese Zeitschriftenartikel über Heranwachsende und Summerhill sind sie so gut dressiert, daß sie sich sofort unzulänglich zu fühlen beginnen. Sie wissen gleich, daß sie irgendwie schiefliegen. Natürlich steigt ab und zu irgendein tiefsitzender Instinkt in Mutter hoch, und sie vergißt ihre ganze gute Erziehung und fragt: »Wo?«

Dann sage ich: »drunten beim Pier« oder »beim Bootshaus« oder etwas in der Art.

Einmal hat sie aus einem atavistischen Impuls heraus auf die Bücher unter meinem Arm gedeutet und gefragt: »Mit den Büchern da?«

»Gibt es einen Grund, warum ich nicht draußen in Ruhe und an der frischen Luft lernen sollte?« fragte ich und ließ in meiner Stimme das ›unschuldig verfolgte Opfer‹ deutlich durchtönen. Ich erkannte, wenn ich nun nach oben ginge und drei Stunden in der gar nicht frischen Luft hockte, dann würde sie auf die Idee kommen, daß an der Sache etwas faul wäre, deshalb ging ich sofort zur Offensive über. »Himmelarsch«, sagte ich, während ich zur Hintertreppe hinzielte, »man versteht echt, warum die Kids heute zur Droge greifen. Das ist ungefähr der einzige Freiraum, wo sie sich solchen Fragen entziehen können«, und kratzte mich abwesend innen am Ellbogen.

»Laß mich mal deinen Arm anschauen.« In Mutters Stimme schwang so viel Panik mit, daß ich am liebsten gelacht hätte, aber sie tat mir auch ein bißchen leid.

»Ich bin clean!« Ich schob die Ärmel meines Sweatshirts hoch. »Beruhigt?«

Sie starrte mich an und atmete langsam aus. Dann tat sie etwas Komisches. Sie legte mir die Hände auf die Schultern. »Chuck, ich habe solche Angst um dich. Wie kann ich dir begreiflich machen, daß, egal welches Problem du hast, eine Droge oder ein Schuß oder irgendwas Derartiges die Sache nur noch schlimmer macht? Bitte, tu so was nicht. Bitte.«

Mir war heiß, ich fühlte mich unwohl und wollte weg.

»Was soll denn das ganze Getöse? Warum machst du so ein Drama draus? Ich habe nicht vor, Drogen zu nehmen.«

Abrupt setzte sie sich hin. »Dann ist's ja gut.«

In diesem Moment wäre ich fast zum Tisch zurückgegangen. Aber früher oder später würde Gloria reinkommen und alles abwürgen, was zwischen Mutter und mir lief. Außerdem, und das gab den endgültigen Ausschlag, daß ich die Treppe hochstieg, ist Mutter wie ich, nicht besonders helle, aber Gloria bräuchte nur eine Blick auf meine Bücher zu werfen, und ich müßte den ganzen Weg bis zu meinem Zimmer ein Rückzugsgefecht liefern. Die einschüchternden Antworten, die ich meiner Mutter derart hinknallen konnte, daß sie sie widerstandslos schluckte, würden bei Schwester Gloria keine Sekunde lang ziehen.

Meg wußte natürlich, wohin ich ging, aber ihr begann ich zu vertrauen, versuchsweise erst mal. Einmal sind wir uns am Strand begegnet, und da keine Gefahr bestand, daß jemand mithörte, fragte sie mich: »Wie ist der Mann ohne Gesicht?«

»Grauenhaft.«

»Aber wird er dich durch die Prüfung pauken?«

»Ja. Vielleicht kratz' ich wegen Überanstrengung der grauen Zellen ab oder dreh' durch, aber durchkommen werde ich.«

Merkwürdigerweise war mir bis zu dem Moment, wo ich weiterging und den halben Strand überquert hatte, nicht bewußt gewesen, daß ich keinerlei Zweifel daran hegte, daß McLeod mich irgendwie durch diese Aufnahmeprüfung peitschen würde.

Ich schloß mich einer Gruppe Jungs am Pier an.

»Wo hast du denn gesteckt?« fragten sie.

»In der Gegend.«

»Echt? Wo denn da?«

Es war dieselbe Frage wie von Mutter, aber diesmal wußte ich, woran ich war.

»Auf dem Festland.«

»Was ist denn da los auf dem Festland?«

Ich setzte ein affektiertes Grinsen auf. »Nichts für euch, Jungs.« Das ist eine neuaufgelegte Version der Tom-Sawyer-Technik, aber sie funktioniert immer noch. Wenn jemand unter ihnen gewesen wäre, der halbwegs durchgeblickt hätte, hätten sie's gemerkt und als Bluff entlarvt. Es kommt nur darauf an, ihnen nicht genug Zeit zum Denken zu lassen. Ich sprang in eins der größeren Dingis, das meine Familie für diesen Sommer gemietet hatte. »Kommt jemand mit mir zur Bucht zum Schwimmen?«

Damit waren erst einmal alle Fragen beiseite geschoben. Die Bucht war von sämtlichen Autoritäten mit Verbot belegt – dem Staat, der Gemeinde, dem Bootsclub und den Eltern. In den letzten fünf Jahren waren dort zwei Kinder wegen einer Unterwasserströmung ertrunken, und im Sommer patrouilliert ein Schiff der Küstenwache in der Gefahrenzone. Wenn hier jemand erwischt wird, muß die Familie ein hohes Bußgeld bezahlen – ein zusätzlicher Grund für die Eltern, die Bucht für tabu zu erklären.

Natürlich gingen alle hin. Schon deshalb, weil wir uns dort nackt tummeln konnten, und jeder weiß, daß das wesentlich angenehmer ist, als wenn einem die nasse Badehose am Leib klebt.

Hätte ich meinen Verstand eingeschaltet, wäre mir natürlich klargewesen, daß ich nicht ewig meiner Mutter das eine und den Jungs etwas anderes erzählen konnte. Jeder redete mit jedem, die Eltern aller Jungs kannten Mutter. Früher oder später bekäme ich die Rechnung präsentiert, und dann steckte ich im Schlamassel. Das war jedenfalls Megs Sicht der Dinge, und sie sagte es mir. Eines Morgens gegen Sonnenaufgang, anscheinend ihr bevorzugter Moment für ein Plauderstündchen, kam sie herein, rüttelte mich wach und fragte Moxie höflich, ob sie sich setzen könne. Inzwischen hatte Moxie wohl auf seine Weise befunden, sie sei okay; man konnte zwar nicht gerade behaupten, daß er ein großartiges Willkommenskomitee in Katzenform abgab, doch er regte sich nicht, wenn sie sich aufs Bett plumpsen ließ. Und wenn Meg auf einem Bett sitzt, dann merkt man das, wenn man selber drinliegt. Leicht ist sie nicht.

»Warum machst du keine Diät?« fragte ich, nicht allzu erfreut, aus dem Schlaf gerissen zu werden.

»Spar dir deine Anzüglichkeiten. Das ist ungehobelt.«

»Führ dich nicht so auf.«

Sie seufzte. »Ich hasse es, so fett zu sein. Der ganze *Zeitgeist* spricht dagegen.«

Auch das war eins von Strubbels Lieblingswörtern. Daß ich zu dieser Tageszeit an diesen Typen erinnert wurde, reizte mich nur noch mehr. »Warum hörst du dann nicht einfach auf, dir jedesmal was in den Mund zu stopfen, wenn du ihn aufmachst?« Ich merkte, daß ich genau wie Gloria redete. »Was wolltest du mir denn erzählen?«

Aber Meg saß bloß da in ihrem weißen Nachthemd, ohne mich anzuschauen. Zwei dicke Tränen kullerten ihr die Backen hinunter. Ich fühlte mich schrecklich. Ich wußte nicht einmal, daß ich mich so fühlen konnte. Nachher dachte ich darüber nach, wie ich ihr hätte sagen können, wie sehr ich sie mochte, dick oder nicht, und vielleicht den Arm um sie legen. Aber im Moment fiel mir nur ein, was für ein Arsch ich war, daß ich sie zum Heulen brachte, vor allem, weil sie die einzige Person in der Familie war, der etwas an mir lag.

»Mensch, Meg. Es tut mir leid. Wein doch nicht.«

Sie wischte sich mit einem Zipfel ihres Nachthemds über Gesicht und Nase. »Es macht mir nichts aus«, sagte sie, und natürlich war das eine Lüge.

»Ich mag dich viel lieber als Gloria.«

»Das will nicht viel heißen.« Was stimmte.

»Warum bist du reingekommen?«

»Damit du dir einen tratsch- und elternsicheren Grund ausdenkst, warum du jeden Tag auf dem Festland bist und Mutter angelogen hast.«

»Wieso? Was ist denn passiert?«

Meg schniefte. »Hast du ein Tempo?«

»In der Kommode da drüben sind welche.«

Sie stand auf, zog eine Handvoll Taschentücher heraus und setzte sich wieder aufs Bett.

»Passiert ist noch nichts groß. Aber das ist nur eine Frage der Zeit. Die Kids glauben, du gehst aufs Festland Hasch rauchen, und Mutter glaubt, du büffelst unter den Bäumen. Im Moment hat Gloria kein Interesse an dir. Aber ich glaube, daß Percy allmählich nervös wird, und wenn er verduftet, weißt du, was passiert: Gloria wird dir ihre *volle* Aufmerksamkeit widmen.«

»Warum kann sie ihre Freunde nicht bei der Stange halten, dann würde sie sich nicht dauernd in mein Leben einmischen! Ich wünschte, sie würde sich entführen lassen oder heiraten. Aber ein Typ, der sich auf so was einläßt, müßte vom Todestrieb besessen sein.«

»Wenn sie den Typen gleich in den ersten Wochen oder Monaten, nachdem er sich in sie verknallt hat, festnageln könnte – ich meine, mit Unterschrift, Siegel, Ring und allem –, dann wäre sie aus dem Schneider. Das Problem ist, daß nach einiger Zeit alle den Rückzug antreten. So war's mit Steve und Pete und Bill und Mike, um nur die letzten beiden Sommer abzuhaken.« Das stimmte. Gloria im Bikini war eine der großen landschaftlichen Attraktionen der Nordostküste. Es kursierte sogar das Gerücht, sie würde vom örtlichen Fremdenverkehrsamt bezahlt, aber das habe ich denen nie ganz abgekauft. Persönlich bin ich der Ansicht, sie sollte etwas Subtileres tragen als zwei Pflaster und eine Augenklappe, aber ich will nicht als Spießer verschrien werden, daher habe ich noch nie was gesagt. Jetzt sagte ich: »Mir wäre es lieb, wenn sie nicht so nackt durch die Gegend rennen würde. Warum tut Mutter nichts dagegen?«

»Weil sie nicht kann. Und sollte sie den Versuch machen, wäre der Teufel los. Außerdem – Mutter sieht selber im Bikini ziemlich gut aus.«

»Was hat das damit zu tun?« Doch schon im Moment, als ich die Frage stellte, wußte ich, daß es in gewisser Weise eine Menge damit zu tun hatte.

»Mutter denkt gern an Gloria, als sei Gloria sie selbst.«

»Du tickst wohl nicht ganz richtig!« sagte ich zornig. »Gloria ist gemein. Mutter nicht – wenigstens nicht, wenn sie allein ist. Nur wenn Gloria dabei ist.«

»Ja. Ich weiß.«

Megs Stimme klang sehr traurig, und ich begriff, wenn ich mir immer wie das fünfte Rad am Wagen vorkam, daß es ihr genauso ging.

»Warum mag sie Gloria lieber als uns?«

»Ich weiß nicht. Bei mir liegt's vielleicht daran, daß ich so dick bin.«

»Aber geh, Megsy. Du weißt, daß das nicht so ist. Außerdem bin ich nicht dick, und sie mag mich deshalb auch nicht lieber.«

»Das stimmt.« Ich konnte fast spüren, wie Meg ein bißchen fröhlicher wurde. Und ich wollte das Gespräch von Mutter ablenken. »Barry Notnagel findet dich jedenfalls super.«

Das munterte Meg sogar noch mehr auf. »Ja. Das tut er. Und ich mag ihn auch. Ich wünschte, Mutter könnte ihn heiraten.«

Dabei entfuhr mir ein lautes Lachen. »Barry ist nicht ihr Typ. Nicht intelligent genug.«

»Pssst!« sagte Meg. »Willst du Mutter oder Gloria hier drinnen haben? Und Barry ist *reichlich* intelligent. Er läuft nur nicht rum und stellt zur Schau, was für ein Intellektueller er ist. Und es wäre auch für dich sehr gut, Chuck, wenn wir ihn als Stiefvater hätten.«

»Ich brauche keinen Stiefvater und will auch keinen. Ich hab' schon genug von der Sorte gehabt.« Ich weiß nicht, warum mich ihre Worte so aufregten, aber ich spürte eine ganz schöne Wut. »Schau mal, es wird schon hell. Ich muß bald los, weil McLeod gern pünktlich anfängt, und ich lege keinen Wert darauf, daß jemand wach ist, bevor ich gehe. Bisher hat das immer geklappt. Vielleicht solltest du jetzt lieber wieder in dein Zimmer verschwinden.«

»Okay.«

Sie stand auf und ging zur Tür. Doch anstatt die Klinke herunterzudrücken, drehte sie sich noch einmal um. »Wie wär's mit McLeod?« flüsterte sie. »Für Mutter.«

»Bist du verrückt, Meg? Du machst wohl Witze. Hast du ihn dir schon mal richtig angeschaut? Kannst du dir vorstellen, daß Mutter Lust hat, ihn zu – na, du weißt schon, was ich meine?«

Meg seufzte. »Nein, ich glaube kaum. Manchmal denke ich, schade, daß wir nicht blind geboren werden.«

»Was meinst du damit? Wer wäre denn gern blind geboren?«

»Wenn wir von Geburt an so wären, würden wir nichts anderes kennen, und wir würden nichts vermissen. Dann würde nicht jeder den anderen immer nach dem Äußeren beurteilen.«

Sie machte die Tür auf, spähte in alle Richtungen und schlüpfte dann hinaus.

Das war für mich ein neuer, ungewöhnlicher Gedanke, und auf dem Weg zu McLeod dachte ich darüber nach. Ich hatte nicht mehr geschlafen, weil mir Megs Worte durch den Kopf gingen und Moxie geballte Zuwendung und Ansprache haben wollte, bevor er sich durchs Fenster davonmachte. Daher brach ich früher auf als sonst und kam gegen viertel vor acht bei McLeod an.

Wenn ich in das Zimmer kam, in dem wir arbeiteten, war er bisher immer dagewesen. Heute war er nicht da. Er war auch nicht im Schuppen, wo ich ihn suchen ging. Und da auch die Pferdebox leerstand, vermutete ich, daß er immer noch ritt. Ich war dank McLeod so beschäftigt gewesen, daß ich gar nicht mehr nach dem Pferd oder sonst was gefragt hatte. Es gab nur Arbeit, Arbeit, Arbeit. Ich hatte immer das Gefühl, er würde mich rauswerfen, falls ich ihn etwas Persönliches fragte, etwa: *Was machen Sie denn die restliche Zeit über?* Oder: *Stimmt es, daß Sie Pornos schreiben?* Oder: *Sind Sie mal Lehrer gewesen?* (Nicht einmal das hatte er mir beantwortet, oder vielleicht hatte ich es auch gar nicht als Frage formuliert. Außerdem bestand für diese Frage kaum eine Notwendigkeit.) Ich wußte, daß es voll der Wahrheit entsprach, als er sagte, es täte ihm leid, daß er sich in die Sache hätte hineinziehen lassen. Denn er ließ keinen Zweifel daran, daß ich, falls ich die unsichtbare Grenze, die er gezogen hatte, auch nur mit einem Zeh überschreiten sollte – indem ich zum Beispiel die gewaltige Ladung Hausaufgaben, die er mir verpaßte, nicht von A bis Z erledigte oder beiläufig bemerken sollte: ›Äneas war echt ein aufgeblasener Esel‹ – daß ich dann nur einen seiner eisigen, starrenden Blicke ernten würde, als hätte ich einen unverzeihlichen Fauxpas begangen. Wegen der blöden Prüfung, aber auch, um ihm nicht die Befriedigung zu gönnen, mich loszuwerden, hielt ich strikt die Grenzen ein, was bedeutete, daß ich meine Klappe hielt. Was in gewisser Hinsicht schade und eine Verschwendung war, weil ich mit den Jahren die Technik perfektioniert hatte, wie man einen Lehrer erfolgreich daran hindert, ernste Konsequenzen zu ziehen, wenn man seine Hausaufgabe nicht gemacht hatte oder keine Antwort auf die gestellte Frage wußte.

In meiner momentanen Schule gilt es als repressiv und persönlichkeitsschädigend, wenn ein Lehrer nicht jedes Thema aufgreift, das ein Schüler aufwirft. Wenn man also die genauen Jahreszahlen des Bürgerkriegs nicht kennt, braucht man nur daherzuschwätzen, daß einem die durch die Industrie verursachten ökologischen Schäden oder die schrecklichen Ungerechtigkeiten des Wahlsystems oder die rassistische Natur des Bildungssystems oder der Vietnamkrieg oder sonst was in der Art keine Ruhe lassen, und falls man auch nur das geringste Geschick besitzt, braucht man auf die Jahreszahlen wahrscheinlich nie zurückkommen. Ein Mädchen regte sich so überzeugend darüber auf, daß das Einbleuen historischer Daten einen autoritären pädagogischen Ansatz darstellte, daß der Lehrer nie mehr auch nur eine einzige Jahreszahl erwähnte. Einige der wirklich coolen Kids schaffen es, sich auf diese Weise sogar durchs Abi zu mogeln; danach machen sie natürlich aus Protest gegen das Establishment auf Aussteiger (vor allem, wenn sie wissen, daß sie die Aufnahmeprüfung an der Uni nicht schaffen würden). Ein einziger Lehrer ließ sich darauf nicht ein und war rüde genug weiterzubohren, bis schließlich offenkundig wurde, daß der Schüler keinen blassen Schimmer vom Thema besaß, das aufgegebene Pensum nicht gelesen hatte und die Fragen nicht beantworten konnte. Im Anschluß veranstaltete die Schülervertretung ein geheimes Treffen, und danach produzierten die Schüler zu Hause Symptome einer solchen Massenneurose, daß die Eltern ihrerseits eine Notsitzung einberiefen und aus Protest beinahe vors Schulgebäude marschiert wären. Der Lehrer wurde gefeuert. Aber das Monster McLeod hielt sich offensichtlich an die alten faschistischen Methoden, und da er mich am Zwickel hatte und es am St. Matthew's offenbar wirklich wichtig war, wieviel man von diesem pietistischen Esel Äneas und seiner doofen Freundin Dido wußte, die mich immer mehr an Mutter erinnerte, wenn sie etwas von mir wollte, mußte ich halt damit leben.

Aber um zu jenem Vormittag zurückzukommen: Ich stöberte im Schuppen herum, schaute mir einige der Geschirre an, die an der Wand hingen, und sog den Duft von Heu, Pferd und Leder ein. Eine Leiter führte zum Dachboden, und ich stieg hinauf und watete im Heu herum. Das war wirklich cool. Ich legte mich hin und rollte mich wie ein Hundejunges herum. Das Heu kitzelte in meiner Nase und meinem Mund und am Bauch, wo mein Hemd hochrutschte. Dann stand ich auf und sprang durchs Heu auf die andere Seite und guckte durch ein tiefliegendes quadratisches Fenster mit Fensterläden. Die Aussicht war viel besser als vom Haus aus. Von hier konnte man die ganze geschwungene Linie der Küste sehen: das Dorf weit unten, und rechts den Dingipier, den Strand, und weiter hinten die Felsen, wo die Kiefern- und Fichtengehölze bis ans Wasser heranreichten. Es war schön und friedlich. Nach einer Weile legte ich mich bäuchlings ins Heu und starrte aus dem Fenster. Die Luft, die frischer und kühler war als unten bei unserem Haus, strömte mit ihrem Salzduft herein. Ich legte die Hände unters Kinn und schloß die Augen, um nachzuspüren, ob ich das Salz und das Heu gleichzeitig riechen könnte...

Ich hatte beschlossen, auf McLeods Pferd auszureiten, und wollte es gerade satteln, als mir mehrere Dinge auffielen: Das Pferd war ungefähr viermal so groß wie ein normales Pferd – eher wie ein Elefant; die Ohren, die über die Box hochragten, wurden immer größer, seine Augen waren hellrot, und es würde mich gleich umbringen. Dazu drängte es mich in eine Ecke, wieherte wild, bäumte sich auf und hieb mir seine Hufe in die Rippen. Ich hatte schreckliche Angst, war aber gleichzeitig verwirrt, warum ich noch nicht tot war, weil seine rasierklingenscharfen Hufe ständig weiter auf mich niederprasselten. Doch anstatt mir scheibchenweise den Kopf abzusäbeln, stießen sie mich nur in die Rippen wie Baseballhandschuhe. Dann bekam ich echte Panik, weil dieses räudige Pferd die Zähne bleckte und *redete*, wie in einem blöden Pferdspot. Es sagte mit McLeods Stimme: »Wach auf, Charles.« Ich öffnete die Augen. McLeod stand über mir. »Bedaure die Störung«, sagte er trocken.

Ich konnte mir nicht vorstellen, was er in meinem Schlafzimmer zu suchen hatte, und überlegte, wie ich ihn aus dem Haus schmuggeln könnte, ohne daß Mutter oder Gloria ihn entdeckten; da sagte er mit demselben Sarkasmus wie zuvor: »Wenn der Herr genug geruht haben...«

Ich setzte mich auf, sah das Heu und kam mir vor wie ein Idiot. McLeod drehte sich um, ging zum Rand des Dachbodens, stützte sich mit der Hand ab und schwang sich hinunter. Ganz nett. Ich wollte ihm folgen.

Er blickte hoch. »Steig die Leiter runter.«

Aber das tat ich natürlich nicht. Meine Landung ließ viel zu wünschen übrig. Ich fiel auf den Rücken, daß mir die Luft wegblieb. Es war furchtbar. Ich hatte das Gefühl, ich würde ertrinken. Ich konnte nicht einatmen. Verschwommen sah ich, wie McLeod sich umdrehte, mich anschaute und hastig zurückrannte. Er hob mich auf, beugte mich vornüber und begann, auf meinen Rücken zu schlagen. Plötzlich konnte ich wieder atmen.

»Geht's wieder?« fragte er, als ich aufstand und in tiefen Zügen Luft holte.

Ich nickte.

»Du hast anscheinend den Tick, die Dinge immer auf eine Weise anzupacken, die dich in Schwierigkeiten bringt. Nächstes Mal tust du, was ich dir sage.«

»Ja.« Ich fühlte mich außerstande, ihm zu widersprechen.

»Gut, dann komm. Richard läßt sich nicht dazu bewegen, in den Stall zu gehen, wenn du nicht rausgehst.«

Wir setzten uns in Bewegung. »Wie meinen Sie das?« fragte ich und sah beim Vorbeigehen die leere Box.

»Wie ich es sage. Als ich Richard hereinführte, begann er zu scheuen. Er wieherte und bäumte sich auf und versuchte, mir die Zügel zu entreißen.«

»Das habe ich also gehört! Ich meinte, ich träumte, daß ich bei Richard in der Box wäre, und er bäumte sich auf und wieherte und versuchte, mich umzubringen.« In meinem Kopf wurde es allmählich klar. »Sie meinen, obwohl ich oben mitten in dem ganzen Heu lag, wußte er, daß ich hier war?«

»Das ist nicht ungewöhnlich. Ein Pferd wird sich weigern, über eine unsichere Brücke zu gehen, selbst wenn der Reiter der Meinung ist, sie wäre ganz in Ordnung. Das weißt du doch.«

»Aber was hat ihn so panisch gemacht?«

»Er ist mißhandelt worden. Alle Leute machen ihn panisch, wie du dich ausdrückst.«

Ich war kurz vor der Tür stehengeblieben. »Aber bei Ihnen benimmt er sich normal.«

»Jetzt tut er es. Ich habe Wochen gebraucht, bis ich in seine Nähe kommen durfte, ohne daß er versucht hätte, durchzugehen oder zu scheuen, und bis ich ihn reiten konnte, sind weitere Wochen vergangen.«

»Wußten Sie, daß er so war, als Sie ihn kauften?«

»Natürlich.«

»Ist das der Grund, warum Sie ihn gekauft haben?« Meine Fragen kamen wie aus der Pistole geschossen, damit ich soviel wie möglich über diese neue Seite McLeods herausbekam. Ich fand es erst schwer vorstellbar, daß er sich behutsam um das Vertrauen eines verschreckten Tieres bemühte, doch zu meiner Überraschung war es dann doch nicht so schwer. Und natürlich ließ er in dem Moment, als ich zu diesem Schluß kam, die Klappe runter.

»Ich glaube, daß es mit der Pressekonferenz für heute genügt. Es ist dir gelungen, deine Lektion eine halbe Stunde lang hinauszuschieben, daher solltest du nicht das Gefühl haben, es sei eine Zeitverschwendung gewesen.«

Aber ich war noch nicht ganz fertig. »Haben Sie deshalb gewußt, daß ich dort oben war?«

»Das scheint die logische Schlußfolgerung.«

Er sagte es so trocken, daß ich gern gelacht hätte. Als wir aus dem dunklen Stall in die Sonne traten, warf ich einen Blick zu ihm hoch. Im selben Augenblick schaute er zu mir herunter; er lächelte leicht. Es war ein nettes Lächeln, doch ich kam in den vollen Genuß des Anblicks seiner verbrannten Seite. Ich blickte weg.

»Geh zum Haus und fang an, weiter zu übersetzen, wo du stehengeblieben bist.«

Diesmal klang seine Stimme anders – so kalt, daß ich mich fragte, ob er mein Wegblicken bemerkt hätte. Ich schaute ihn verstohlen an, und eine Sekunde lang, bevor er sein Gesicht abwandte und davonging, wußte ich, daß er meine Gefühle erkannt hatte. Ich beobachtete ihn, wie er zu dem Baum hinüberging, an dem er Richard festgebunden hatte, dann marschierte ich zum Haus zurück und schlug Vergil auf; ich wünschte mir, er hätte mir meine Reaktion nicht gar so deutlich angesehen. Ich war auch ein wenig überrascht, denn wenn mich etwas für meinen stupiden Gesichtsausdruck entschädigt, dann die Tatsache, daß niemand meine Gedanken erraten kann. Das hat den Strubbel immer so auf die Palme gebracht, denn alle seine Studenten schmeichelten ihm immer, wie feinfühlig er wäre. Er kam dann nach Hause und ließ sein Ego von Mutter und Gloria noch ein bißchen weiter aufblähen, und dann richtete er seinen Radarsender auf mich. Und ich schaute ihn an, als ob er Suaheli spräche, und ließ seine Wellen einfach an mir abprallen.

Aber McLeod war nicht der Strubbel. Eigentlich war er mir ein Rätsel. Als er ins Haus zurückkam, war es, als seien wir wieder am Punkt Null angelangt, Vergil auf Eis, und so blieb es auch die nächste Woche oder so. Ab und zu machte er eine trockene, witzige Bemerkung, die mich zum Lachen brachte, und eine Minute lang lagen wir auf derselben Wellenlänge. Dann mochte ich ihn, sehr sogar. Aber peng! Aus dem Blauen heraus fror er ein, und ich war wieder in die Tundra zurückversetzt.

»Magst du ihn?« fragte Meg bei einem unserer Gespräche in der Morgendämmerung.

Inzwischen hatte Moxie Meg als blutsverwandt akzeptiert und schnurrte, als sie mit einem Finger an seinem Rückgrat entlangfuhr.

»Ja«, sagte ich ziemlich widerstrebend. »Er ist in Ordnung – wenigstens manchmal.« Es war komisch, aber nicht einmal Meg wollte ich sagen, was ich empfand.

»Wie ist er denn so?«

Hier kann man sehen, warum ich Weiber ermüdend finde. Das ist eine sehr weibliche Art von Frage. »Wie zum Teufel soll ich wissen, wie er so ist? Das ist eine blöde Frage.«

Meg sagte gar nichts, was ich bei Frauen immer verdächtig finde. Meist heißt das, daß sie den Entschluß ausbrüten, es mit einem neuen Schachzug zu versuchen. Ich hatte recht. Meg sagte: »Mag er dich?«

»Hörst du jetzt auf mit diesem Verhör? Wer bist du überhaupt – das FBI?«

Trotzdem war es eine interessante Frage, und eine, über die ich bisher nicht im geringsten nachgedacht hatte. Ich meine, in der Regel bin ich mehr daran interessiert, was ich von den Leuten halte, als daran, was sie von mir halten, ausgenommen natürlich so entscheidende Personen wie Mutter und Gloria, bei denen die Antwort einen großen Einfluß auf mein Wohlbefinden hat. Sogar meine Stiefväter haben mich in diese Richtung nicht motiviert. Denn zum einen war ich sozusagen in dem Mehrfachpack enthalten, mit dem sie Mutter kauften, was die Alternativen stark einschränkte: Entweder mußten sie mich mögen – oder eben so tun. Zum anderen war es mir wurscht. Außerdem ist es für jeden Jugendlichen eine echte Herausforderung, ein Mitglied der älteren Generation so weit zu bringen, daß es zugibt, ihn schlichtweg nicht zu mögen. Das verstößt gegen ihre Prinzipien. Echt! Man kann wochenlang im Schweiße seines Angesichts darüber nachbrüten, wie man einen Erwachsenen am besten zur Weißglut bringen kann, und mit etwas wirklich Neuem und

Krassem aufwarten, und dann erntet man dafür nichts als Verständnis. Je haarsträubender die Tat, desto eifriger wird man als Idealist verkannt, der gegen eine teilnahmslose Gesellschaft protestiert. Ich finde das echt frustrierend. Joey schwört, er kennt einen Typen, der so ausflippte, als er – höflich – darum gebeten wurde, den Abfall rauszutragen, daß er ihn statt dessen vor versammelter Mannschaft mitten auf den neuen Wohnzimmerteppich leerte – Kaffeesatz, zerlaufener Wackelpeter, Babykotze und alles. Als allererstes entschuldigte sich sein Vater dafür, daß er den Bedürfnissen seines Sohnemanns gegenüber so unsensibel gewesen sei. Seine Mutter brach in Tränen aus und sagte, es sei alles ihre Schuld, und am nächsten Tag bekam er das neue Fahrrad, das er sich so sehr gewünscht hatte. Wieso sollte man sich unter solchen Umständen anstrengen?

Aber bei aller Fantasie konnte ich mir keinen McLeod vorstellen, dessen Blick um Verzeihung heischte oder der von Schuldgefühlen geplagt war. Alles, was ich vor meinem inneren Auge heraufbeschwören konnte, war jenes eisige Starren, das keinerlei Zweifel daran ließ, wem es in Kürze an den Kragen ginge, und das trockene Lächeln, das an jenem Tag im Stall so rasch verschwunden war. Nein, ich kam zu dem Schluß, daß er mich unmöglich gern haben konnte. Er mußte mich vielmehr hassen. Der Gedanke machte mich auf seltsame Weise unglücklich.

Ich muß am nächsten Tag darüber nachgedacht haben, als wir uns durch irgendein fürchterliches Pamphlet von Wordworth durchbissen, der über ein schwachsinniges Balg namens Lucy dahersabberte, denn McLeod legte die Bücher nieder und sagte: »Wenn dich mein Gesicht so stört, kannst du am Tisch da drüben beim Fenster sitzen.«

Da merkte ich erst, daß ich ihn angestarrt hatte, und spürte, wie mein Gesicht heiß wurde.

»E-es s-stört mich n-nicht. Ich meine... Es t-tut mir

l-leid... ich h-habe nicht...« Meine Verlegenheit siegte. Ich konnte nicht weiterreden.

Er stand auf und schlenderte zum Fenster hinüber. Es folgte eine schreckliche Stille. Jetzt schmeißt er mich raus, dachte ich. Aber das, was dann kam, beweist nur, daß man nie nie sagen sollte – oder glauben –, daß etwas nicht passieren kann, bloß weil einem bei dem Gedanken daran schwindlig wird.

McLeod sagte: »Es tut mir leid. Ich hätte das nicht sagen sollen. Beende deinen Kommentar zu dem Gedicht.«

Ich muß wirklich mit den Nerven fertiggewesen sein. Ich wollte ihm irgendwie sagen, daß ich an sein Gesicht nicht einmal gedacht hatte, obwohl mir klar war, warum er das glaubte, wo ich ihn doch angeblickt und immer wieder weggeschaut hatte. Ich versuchte, meine Gedanken wieder auf Lucy zu richten, die schon unter den günstigsten Umständen nicht gerade fesselnd war. Doch ich konnte mich nicht konzentrieren.

»Nun?«

»Ihr Gesicht stört mich nicht«, platzte ich heraus, und während ich das sagte, merkte ich, daß es wahr war. Seit jenem Tag im Stall hatte ich über seine Verunstaltung gar nicht mehr nachgedacht. »Ich denke nicht mehr in dieser Weise darüber.«

Er saß auf dem Fensterbrett und starrte auf seine gekreuzten Füße hinunter. »Was hast du dann gedacht?«

Ich wollte es ihm sagen, wußte aber nicht, wie. Ich meine, ich habe die Methoden ziemlich perfektioniert, wie man jemand heruntermacht, abfahren läßt oder aus der Fassung bringt. Aber ich wußte nicht, wie ich ihm beibringen sollte, ich hätte mir überlegt, ob er mich mochte oder nicht, weil ich ihm dann genausogut gleich hätte sagen können, daß ich ihn mochte. Wichtige Entdeckungen wie diese mitten im Gespräch stürzen einen in Verwirrung. Alles bleibt stehen, während man versucht, sich über die Dinge klarzuwerden. Eins war sicher: Noch nie hatte ich versucht, jemand zu sagen – am allerwenigsten einem Erwachsenen –, daß ich ihn mochte. Die Worte stauten sich in meinem Hals, bis ich fast spüren konnte, wie mir die Augen herausquollen. Aber nichts kam heraus.

»Schon gut. Ich wollte mich nicht in deine Privatangelegenheiten drängen. Mach weiter mit Lucy.« Er kam zum Tisch zurück und schaute im Stehen auf sein Buch hinunter.

In mir war alles in Aufruhr, als ob jemand irgendwo in meinem Bauch einen Propeller angeworfen hätte. Ich wußte nicht, was ich sagen sollte, oder vielmehr wußte ich nicht, wie ich das, was ich sagen wollte, ausdrücken sollte; ich blickte auf das Buch hinunter und brummte: »Wie er über Lucy daherfaselt, ist schlimmer als alle Ergüsse von Humbert Humbert über Lolita. Ich meine...« Aber ich kam nie zu dem, was ich meinte.

Ich wurde durch eine Lachexplosion unterbrochen. »Oh, mein Gott«, sagte McLeod und legte sich die Hand über die Augen.

Ich kam mir ziemlich schlau vor. »Das ist Scheiße, stimmt's?« Ich wußte sofort, daß ich zu weit gegangen war, obwohl ich merkte, daß er immer noch gern gelacht hätte. Ich sagte hastig: »Ich meine – die ganze Sache mit Lucy ist ziemlich albern, finden Sie nicht?«

»Nein. Aber der Stoff ist schlecht gewählt für einen Jungen deines Alters. Sie hätten es besser wissen sollen. Doch wenn wir schon dabei sind: Versuch's mal mit einem anderen Wort als ›Scheiße‹.«

»Das ist ein legitimer Ausdruck für eine authentische Empfindung«, zitierte ich den Strubbel buchstabengetreu.

»Das ist auch Faulheit. Wenn du zehn Synonyme oder vernünftige Ersatzbegriffe gefunden hast, darfst du es benutzen. Inzwischen kannst du als Teil deiner Hausaufgabe für morgen die lateinischen Entsprechungen nachschlagen – es gibt mehrere – und deklinieren; dann kannst du nachprüfen, wie oft jeder dieser Ausdrücke bei Vergil verwendet wird, und in welcher Weise.«

Ich war wütend. »Das ist eine Menge Arbeit. Außerdem haben Sie mir die Hausaufgabe bereits gegeben.«

»Doch ein beschränkter Wortschatz ist ein Handicap. Der Gedanke, daß du mit einem so schweren Mangel behaftet aufs St. Matthew's gehst, ist mir unangenehm.«

Ich starrte ihn an und war so in Rage, daß ich meine Verlegenheit vergaß. Ich wußte genau, daß er sich über mich lustig machte, aber er verriet es mit keiner Miene.

»Übrigens«, sagte er, »wen hast du denn gerade zitiert?«

»Den Strubbel«, sagte ich, ohne nachzudenken.

»Wen?«

»Meinen letzten Stiefvater.«

»Wieviele hast du denn gehabt?«

»Zwei. Dann war da noch der erste Mann meiner Mutter, der mein Stiefvater gewesen wäre, wenn ich damals schon geboren wäre. Aber es gab mich noch nicht. Er war der Vater von Gloria der Glanzvollen.«

»Von der, der du so ergeben bist.«

Ich mußte einfach grinsen. »Sie meinen es nicht ernst mit der Lateinaufgabe, oder, Mr. McLeod?« (In unserer New Yorker Schule legen alle Lehrer großen Wert darauf, daß wir sie mit dem Vornamen anreden. Demokratie und so'n Kram. Bei McLeod wäre es mir nie eingefallen, auch nur den Versuch zu machen.)

»Aber gewiß doch. Das heißt, falls du dein Lieblingswort wieder verwenden willst.«

Ich seufzte laut. Es ist wirklich gegen meine Prinzipien, einem Erwachsenen nachzugeben. Aber irgendwie hatte ich das starke Gefühl, daß von uns beiden nicht er derjenige wäre, der nachgeben würde.

»Also schön. Ich werde es nicht wieder verwenden – wenigstens werde ich versuchen, daran zu denken.«

»Selbst Engel könnten mehr sich nicht bemüh'n«, sagte McLeod und ging zum Bücherregal hinüber.

Ich sammelte meine Sachen zusammen. »Ist das aus einem Gedicht?«

»Ja.«

»Solches Zeug törnt mich immer ab.«

Er zog ein Buch heraus. »Du magst doch Flugzeuge, oder?«

»Klar.«

Er blätterte in den Seiten und kam zurück. »Vielleicht gefällt dir das«, sagte er und las laut vor:

»Entschlüpft bin ich den grauen Erdengrenzen,
Den Himmel durchtanz ich auf Flügeln, von Lachen versilbert,
Zur Sonne empor, zu den sonnenzerklüfteten,
fröhlich wogenden Wolken – tu hundert Dinge,
von dir nie erträumt – segelnde Saltos und Schwünge
Hoch in der sonnigen Stille. Dort schwebe ich
und jag den brüllenden Wind, schleudere
Mein williges Schiff durch bodenlos luftige Hallen.
Hinauf, hinauf das lange, rauschhafte, brennende Blau
Flieg ich mit lockerer Anmut hoch in winddurchbrauste Höhen,
Die keine Lerche, auch kein Adler je erreichten,
durchmess' mit stillem, hochfliegendem Sinn
Die hohe, unverletzte Heiligkeit des Raums,
Streck aus die Hand und spüre Gottes Gesicht.«

Es war seltsam, welche Wirkung dieser Text auf mich hatte. In meinem Kopf und meinem Magen fanden kleine Explosionen statt, ein Kribbeln lief mir den Rücken hinunter. Meine Kehle war trocken. McLeod schaute mich an. »Da«, sagte er und hielt mir das Buch entgegen. »Nimm's mit.«

5

Es war schon nach zwölf, als ich nach Hause kam. McLeod hatte mich eine halbe Stunde länger dabehalten, obwohl ich mich nicht aufgehalten fühlte, wenn ich mir es überlege. Ich hatte einfach nicht gemerkt, wie spät es war. Aber ich merkte, daß ich hungrig war. Das Haus war glücklicherweise leer. Ich mag leere Häuser oder Zimmer. Das habe ich einmal einem der fünf Schulpsychologen gesagt, und das hat ihn dermaßen aus dem Häuschen gebracht, daß er für mich eine ganz neue Serie Rorschachtests hervorzog. Also ging ich die gesammelte Trickkiste durch, beantwortete alle blöden Fragen und mag immer noch leere Häuser und Räume, vor allem, wenn keine Leute drin sind, mit denen ich verwandt bin, ausgenommen vielleicht Meg.

Ich war entspannt und ganz scharf darauf, dieses Gedicht noch einmal anzuschauen. Ich goß mir gerade Milch ein, als die Fliegentür quietschend aufging und Gloria die Glanzvolle mit dem unvergleichlichen Percy hereinkam.

»Hi«, sagte Gloria mit einer vor Freundschaftlichkeit triefenden Stimme. Dann schenkte sie mir ein strahlendes Lächeln, und ich wußte sofort, wie die Rollen verteilt waren: Sie war die Einstimmig Gewählte Große Schwester des Jahres. Ich war wie immer der Verständnislose Kleine Bruder. Mutter verkörpert die Verständnislosen Eltern. Meg ist die Verständnislose Kleine Schwester. Handlung: Was immer sich gerade abspielt. Allerdings war ich das einzig verfügbare Mitglied des Ensembles; demnach lastete die Aufgabe, die Verständnislosigkeit zu enthüllen, auf die Gloria hier ständig stößt, ganz allein und schwer auf mir. Sorgsam beobachtete ich sie über mein Milchglas hinweg, um zu verfolgen, wie sich die Handlung entfaltete.

»Percy, das ist mein kleiner Bruder Chuck.«

Er warf den Kopf zurück, um eine lange Locke nach hinten zu befördern. »Hi.«

Ich machte eine Grußgeste. »Hallo«, sagte ich, als ich die Milch ausgetrunken hatte.

Glorias Blick fiel auf die Bücher, die ich auf den Tisch gelegt hatte. »Chuck versucht, ins St. Matthew's reinzukommen«, erklärte sie freundlich.

Percy biß herzhaft in den Krapfen, den Gloria aus einer Dose geholt hatte. »Das schafft doch jeder«, nuschelte er mit vollem Mund und entblößte dabei jede Menge Zähne und nassen Teig. Dann schluckte er. »Was hast du denn für Probleme, Mann?«

»Chuck ist kein Akademikertyp«, sagte Gloria, die an einer Karotte knabberte; sie schaute immer noch die Bücher an.

Meine Rolle begann, feste Konturen anzunehmen. Ich war jetzt nicht nur der Verständnislose Bruder, sondern auch der Zurückgebliebene Bruder.

»Percy ist in Princeton«, sagte Gloria – als ob wir das nicht alle gewußt hätten – und drehte das oberste Buch so um, daß sie den Titel auf dem Buchrücken lesen konnte.

Plötzlich wurde mir klar, daß das Buch McLeod gehörte, und soviel ich wußte, schrieb er gern seinen Namen hinein – dann hätte Gloria wirklich einen Angriffspunkt, von dem aus sie die Handlung vorantreiben könnte.

Ich gehöre sonst nicht zu den raschen Denkern. Aber Glorias Hand lag auf dem Buchdeckel und würde ihn gleich aufschlagen, und in meinem Kopf schrillten die Alarmsirenen. Ich hatte keine Zeit mehr, die Milchtüte, die ich in der Hand hielt, abzustellen oder zum Kühlschrank zurückzubringen, deshalb ließ ich sie einfach fallen.

Die Milch spritzte über den ganzen Boden und über

Glorias Füße. Die Einstimmig Gewählte Große Schwester verflüchtigte sich, als die wirkliche Gloria zum Vorschein kam. »Du blöder Trampel«, kreischte sie in ihrer besten Hexenstimme, »du miese Wanze. Das hast du absichtlich gemacht.«

»O je, tut mir leid.« Ich klemmte mir die Bücher unter den Arm und zog mich zur Hintertreppe zurück. »Aber wenn du's gleich rauswäscht, gibt's keine Flecken, hab' ich mal gehört.« Ich öffnete die Tür zur Treppe.

Percy wischte mit einem Lappen seine Shorts ab. »Lausige Bewegungskoordination«, murmelte er. Aber er schaute Gloria mit einem merkwürdigen Blick an, und wer hätte ihm das vorwerfen können? Amerikas süßestes Girl zählte mit einer Stimme wie eine ungefettete Radachse alle guten Dinge auf, die auf mich warteten, sobald Mutter über meine neueste Schandtat in Kenntnis gesetzt wäre.

»Du hast das mit Absicht gemacht«, sagte sie und starrte vom Fußboden hoch, wo sie ihre Sandalen abwischte. »Ich kenne dich, Chuck Norstadt, das ist deine subtile Art, meine Aufmerksamkeit abzulenken. So was hast du schon öfter gemacht. Und bilde dir nicht ein, daß ich nicht herauskriege, was ich nicht wissen und Mutter nicht erzählen soll. Ich krieg's raus, ich krieg's immer raus, und dann wird's dir so leid tun, daß du vor mir *auf dem Boden kriechst*.«

Ich selbst hätte ihr keine bessere Rolle schreiben können, wenn ich die Absicht gehabt hätte, Percy vor Augen zu führen, was er sich da an die Brust drücken, wenn nicht gar in sein Heim holen wollte. Was nur wieder beweist, was jeder sagt: Ich bin nicht sehr helle. Wäre ich's gewesen, hätte ich alles daran gesetzt, Percy davon zu überzeugen, um welches Juwel er gerade warb. Mit ein bißchen Glück würden sie dann durchbrennen – wenigstens würde er ihre Aufmerksamkeit mit Beschlag belegen. Statt dessen hätte ich nichts Wirkungsvolleres unternehmen können, um ihm ihre wahre Natur zu enthüllen, selbst wenn ich es eine Woche lang geplant hätte.

Ihre Stimme verfolgte mich die Treppe hinauf. Ich machte meine Tür zu und rammte ein Stuhlbein darunter – im Haus gibt es keine Schlüssel, und in einer solchen Laune war es Gloria zuzutrauen, daß sie ohne weiteres hereinplatzen würde. Dann setzte ich mich an den kleinen Tisch, der mir als Schreibtisch dient, und verfluchte meine Blödheit. Was mich fertiggemacht hatte, war ihr Große-Schwester-Getue, das widerlichste in ihrem ganzen Repertoire. Wenn sie ihr wahres Gesicht zeigt, ist das zwar unangenehm, aber jeder weiß, woran er ist. Wirklich schlimm wird die Sache erst durch ihre Heuchelei.

Ich nahm mir McLeods Buch vor und schlug den Deckel auf. Tatsächlich, da stand sein Name: Justin McLeod. Dann wäre ich fast umgekippt, denn unter seinem Namen stand: *St. Matthew's College.* Mit der Jahreszahl 1958.

Ich rechnete hastig nach. 1958 konnte er dort nicht zur Schule gegangen sein, das war erst dreizehn Jahre her; also muß er Lehrer gewesen sein.

Ich durchforstete mein Gedächtnis nach allem, was er über die Schule gesagt hatte – eigentlich nichts, außer am Anfang, als er andeutete, daß es nicht allzu schwierig sein dürfte, dort aufgenommen zu werden.

Aber wirklich mysteriös fand ich, warum er nicht gesagt hatte, daß er selbst an dieser Schule unterrichtet hatte.

Ich blätterte das Buch durch und fand das Gedicht. Es hatte den Titel ›Höhenflug‹ und stammte von einem gewissen John Gillespie Magee. Und auch, als ich es nur las, ohne McLeods Stimme, die gut klang, hatte es dieselbe Wirkung. Dieser Magee kannte sich wirklich aus mit der Fliegerei. Ich bin selbst zweimal mit einer einmotorigen Maschine oben gewesen. Beide Male wußte kein Mensch davon. Ich habe einfach was von meinem Gesparten eingesteckt, mich in den Zug nach Long Island gesetzt, als ich eigentlich zur Schule hätte gehen sollen, und bin zu einem

Privatflugplatz auf der Insel gefahren. Das waren die zwei besten Tage in meinem ganzen Leben.

Etwa eine Stunde später hämmerte es an meiner Tür. »Ich bin's«, sagte Meg. Ich stand auf und ließ sie rein.

»Jetzt hast du's geschafft«, sagte sie finster. »Charles – du bist nicht sehr gescheit.«

»Was gibt's sonst noch Neues?« fragte ich sarkastisch.

»Du meinst, was passiert ist?« Sie ließ sich auf mein Bett fallen, sandig wie sie war.

»Was soll das heißen – ›was passiert ist‹?« Ich klang barsch, aber mein Herz sank.

»Ich hab' gerade in der Bucht mit ein paar von den anderen gespielt, schaue hoch, und da steht unsere Gloria mit einem Schokochip-Marshmallow-Eis mit extradicker Schokohaube und sagte, das wäre für mich. Also wußte ich, daß sie was von mir wollte.«

»Du hast natürlich abgelehnt – das Eis, meine ich.«

»Nein«, sagte Meg traurig.

»Vielleicht bist du auch nicht so helle.«

»*D'accord.*« Meg bildet sich ziemlich was auf ihr Französisch ein; sie quasselte auch immer mit Barry Notnagel französisch, der ein paar Jahre in Paris gelebt hat.

»Was immer das auch heißen mag.«

»Es heißt: Ganz recht.«

»Was wollte Gloria denn?«

»Sie wollte beiläufig wissen, ob du mit jemand lernst. Und falls du Nachhilfe hast, bei wem. Ansonsten würde sie dir gern helfen, du bräuchtest sie nur fragen.«

»*Zu* fragen.« McLeods eiserne Strenge in Sachen Grammatik begann, ihre Wirkung zu zeigen.

»Mann! Er muß gut sein, wenn er dir das in deinen Schädel eingetrichtert hat.«

»Vielen Dank! Er ist gut. Was hast du ihr gesagt, Meg?«

»Ich habe ihr gesagt, daß du allein lernst, aber ein Versteck entdeckt hast, wo du in Ruhe und Frieden arbeiten kannst. Aber ich glaube nicht, daß sie mir das abgekauft hat.«

»Wer würde das schon tun, wenn du bei jedem Versuch zu lügen, krebsrot anläufst?«

»Ich kann nichts dafür. Ist es meine Schuld, wenn ich von Natur aus ehrlich bin?«

»Du könntest wenigstens daran denken, daß du für einen guten Zweck lügst.«

»Das hat nichts damit zu tun. Sie hat auch gesagt, daß eins deiner Bücher anders aussieht als alles, was sie an Büchern im Haus hat herumliegen sehen, und fragte, wem es gehörte.«

»Also, das beweist nur, was ich schon immer dachte: daß sie in meinem Zimmer herumschnüffelt, wenn ich nicht da bin. Wie kann sie wissen, welches Buch mir gehört und welches nicht? Was hast du denn gesagt?«

»Ich sagte ihr, daß ich glaube, es gehöre Pete Lansing.«

Guter alter Pete, dachte ich. Erst seine Jeans, und jetzt sein Buch. »Hat sie das geschluckt?«

»Ich glaube nicht, und ich hätt's auch nicht geschluckt, wenn ich gewußt hätte, um was für eine Art von Buch es ging; sie sagte, es sei schwer vorstellbar, daß Pete eine Gedichtanthologie besäße.«

Ich erinnerte mich, wie sie das Buch herumgedreht und nach dem Titel geschielt hatte. »Fiese Voyeurin«, murmelte ich.

»Ich sagte, vielleicht hätte jemand ihm das Buch geschenkt.«

»Danke, Meg, das war fein von dir.«

»Fand ich auch. Aber trotzdem wird sie der Sache nachgehen. Hör mal – ich hab' den ganzen Weg hierher nachgedacht. Gäbe es eventuell die Möglichkeit, daß du bei McLeod lernst? Das würde viele Probleme lösen. Du könntest deine Bücher dort lassen, und Gloria könnte nach Herzenslust hier herumschnüffeln. Mutter wiegt sich ja in dem Glauben, daß du an der frischen Luft bist, und wenn du da droben und aus dem Weg wärst, würde keiner was merken.«

»Doch. McLeod.«

»Würde ihm das was ausmachen?«

»Ja. Er kann es immer kaum erwarten, daß ich vormittags wieder das Feld räume.«

»Du meinst, er hat wirklich eine solche Abneigung gegen dich?«

Da waren wir also wieder bei derselben alten Frage. »Woher zum Teufel soll ich das wissen?«

»Okay, okay. Immer ruhig Blut.« Sie stand auf; eine ganze Ladung Sand fiel dabei auf den Teppich. »Ich weiß nicht, warum du dich gleich so aufregst.«

»Weil ich mir nicht vorstellen kann, daß er mich in seinem Haus bleiben und lernen läßt. Aber andernfalls wird Gloria früher oder später herausfinden, was läuft, weil ich jetzt oft seine Bücher benutze. Und dann wird's Mutter wissen und...«

»Frag ihn doch«, sagte Meg mit fester Stimme. »Was hast du schon zu verlieren?«

Ich brauchte nicht lange zu überlegen: »Alles.« Ich machte eine Pause. »Du fragst immer, ob er mich mag. Nun, manchmal glaube ich, daß er mich mag, manchmal glaub ich's nicht. Aber ich will den Kahn nicht beim Versuch, das herauszukriegen, zum Kentern bringen. Und wenn ich frage, ob ich dort lernen darf – was heißt, daß ich mich insgesamt sechs Stunden in seinem Haus aufhielte –, reicht das vielleicht schon, daß er das ganze Unternehmen abbläst.«

»Warum glaubst du das?«

»Ich weiß nicht, warum. Ich habe nur so ein Gefühl. Vielleicht, weil er dann wissen will, warum; und wenn er rauskriegt, daß Mutter keine Ahnung hat, daß ich bei ihm oben bin, habe ich den starken Verdacht, er könnte aussteigen. Er ist für klare Sachen, und dafür, daß alles mit rechten Dingen zugeht.«

»Er weiß nicht, daß du Mutter nicht gesagt hast, du würdest bei ihm Nachhilfe nehmen?«

»Ich habe nicht ausdrücklich darüber gesprochen. Aber er ist ziemlich clever.«

Ich schwieg. Das alte Gefühl, in die Ecke getrieben zu werden, stieg wieder in mir auf.

»Ergib dich ihm auf Gnade und Ungnade«, sagte Meg theatralisch.

»Krampf laß nach!«

»Schon gut. Aber was hast du denn sonst für Möglichkeiten?«

Da hatte sie die Sache auf den Punkt gebracht.

Vermutlich hätte ich mit der Rückgabe des Gedichtbandes wohl bis zum nächsten Tag warten können. Aber dann hätte ich keine Ruhe gehabt. Ich konnte schlecht den ganzen Tag in meinem Zimmer bleiben oder auf Gloria aufpassen. Ich dachte daran, das Buch zu verstecken, aber wo, das war die Preisfrage. Das Haus war eine zusammengeschusterte Sommerbleibe, nur minimal ausgestattet, auch was den Stauraum betraf. Und weil McLeods Name im Buch stand, konnte ich kein Risiko eingehen. Also machte ich mich auf den langen, steilen Weg zu seinem Haus und nahm gleich noch ein anderes seiner Bücher mit, ein Geschichtsbuch – auch wenn sein Name nicht drinstand.

Als ich ankam, wußte ich nicht so recht, was ich tun sollte. Normalerweise, am Vormittag, öffnete ich einfach die Tür und ging hinein. Aber jetzt war es nicht vormittags, und damit war ich etwas anderes – ein ungeladener Besucher. Ich hoffte schon, er würde nicht da sein. Ich könnte dann die Bücher einfach unter dem Vordach deponieren, wo sie nicht naßgeregnet würden. Aber früher oder später müßte ich ihm die Sachlage erklären, und wenn ich ihm die ausgeliehenen Bücher einfach kommentarlos hinlegte, hätte er reichlich Zeit, darüber nachzudenken, was ich wohl bei seinem Haus zu suchen hätte, und sich über meine Anwesenheit zu ärgern.

Also entschloß ich mich, vorsichtshalber zu klingeln. Einen Augenblick später öffnete McLeod die Tür. »Was gibt's?« Er sah die Bücher. »Eine solche Pünktlichkeit! Du hättest sie auch morgen zurückbringen können. Die ersten 24 Stunden verlange ich keine Leihgebühr.«

So ein Spaßvogel, dachte ich düster.

»Hast du sonst noch Probleme?«

Ich nickte.

»Okay. Komm rein.«

Wir gingen ins Arbeitszimmer. Die Leselampe beim großen Ledersessel war angeknipst. Daneben befand sich eine Art Kommode. Darauf stand ein Teller, ein geleertes Milchglas sowie eine leere Tasse mit Unterteller. Normalerweise macht mich alles hungrig, was mich an Essen erinnert, vor allem, wenn ich nichts zu Mittag gegessen habe. Aber jetzt war ich zu nervös.

McLeod sah meinen Blick. »Hunger?«

Ich schüttelte den Kopf. »Nein«, krächzte ich und räusperte mich gleich.

McLeod stand mit dem Rücken zum leeren Kamin, die Beine leicht gespreizt, die Hände hinter dem Rücken. Er sah ungefähr einen Kopf größer aus als sonst. Ich wünschte, ich hätte bis morgen gewartet.

»Also raus damit.«

Ich hatte mir eine einleitende Erklärung zurechtgelegt, doch nach dem ersten Satz tastete ich nach Worten, als ob ich am Ende einer Rolle Schnur angelangt wäre. Es kam nichts mehr.

McLeod begann, die Stirn zu runzeln. Ich kannte diesen Blick zur Genüge, daher schloß ich die Augen und sprang ins kalte Wasser. »Könnte ich hier lernen – bitte? Ich meine die drei Stunden nach dem Unterricht?«

Ich hatte sein übliches klares Nein erwartet, doch er fragte einfach: »Warum?«

Auch das hatte ich vorausgeplant und wollte etwas über Mutters regelmäßige Vereinssitzungen oder Kaffeekränzchen faseln. Aber ich wußte von vornherein, daß es keinen Zweck hatte. Ich holte Luft. »Mutter weiß nicht, daß ich bei Ihnen Nachhilfe nehme. Sie will im Grunde nicht, daß ich aufs St. Matthew's gehe. Gloria hat heute Ihr Buch entdeckt. Wenn sie es aufgeschlagen hätte, hätte sie Ihren Namen gesehen und es gleich Mutter erzählt.«

»Warum will deine Mutter nicht, daß du aufs St. Matthew's gehst?« Er fragte in scharfem Ton.

»Es liegt nicht direkt am St. Matthew's. Es ist, wie ich Ihnen am ersten Abend erzählt habe – sie will nicht, daß ich weggehe.«

»Angenommen, du sagst ihr die Wahrheit – würde sie dich dann daran hindern hierherzukommen?«

»Ja. Vielleicht. Ich bin nicht sicher. Nicht von sich aus. Aber Gloria würde ihr eine Gehirnwäsche verpassen. Sie würde ihr eine Menge guter Gründe aufzählen, warum ich nicht gehen sollte.«

»Was Gloria betrifft, scheinst du an Verfolgungswahn zu leiden. Entweder das, oder sie ist selbst leicht verrückt. Jungen in deinem Alter haben oft Probleme mit älteren Schwestern, aber nicht so krasse. Warum hat sie einen solchen Haß auf dich?«

»Ich weiß nicht. Mutter hat mal gesagt ...«

»Was denn?«

»Na ja, das klingt beknackt, aber der Grund wäre, daß ich zur Welt kam. So was in der Art, ich hätte ihre volle Aufmerksamkeit von Gloria abgelenkt, und noch dazu die meines Vaters.«

»Das ist möglich. Kleine Mädchen sind oft auf ihren Vater fixiert.«

»Aber er war gar nicht ihr Vater.« Diese Vorstellung entsetzte mich. »Außerdem klingt das unwahrscheinlich. Sie spricht immer so verächtlich über ihn. Nennt ihn einen Dummkopf. Einmal hat sie sogar gesagt ...«

»Was?«

Doch das gehört zu den Dingen, an die ich mich nicht gern erinnere. Ich senkte den Blick und schüttelte den Kopf. Keiner sprach. Ich konnte spüren, wie die Luft durchs offene Fenster über mein Gesicht strich, und roch den strengen Geruch des Meeres.

»Schon gut«, sagte McLeod. »Aber meiner bescheidenen Meinung nach machst du einen Fehler.«

»Wieso?«

»Weil du die Sache nicht mit deiner Mutter durchkämpfst.«

»Sie würde mir nicht zuhören, ich hab's Ihnen doch gerade gesagt. Am Ende tut sie immer, was Gloria will.«

»Vielleicht. Aber du schiebst sehr viel auf andere: Deine Mutter hört dir nicht zu. Deine Schwester haßt dich. Bist du nichts als eine Marionette, an deren Fäden andere Leute ziehen? Bist du ganz sicher, daß du deine Mutter nicht dazu bringen kannst, dich anzuhören? Vielleicht redest du dir das nur ein, damit du keinen Konflikt mit ihr austragen mußt.«

»Sie meinen, ich kneife?«

»Tust du das denn nicht?«

Ich war so wütend, daß ich stotterte: »D-das ist n-nicht wahr.«

»Warum redest du dann nicht mit ihr?«

Das alte Gefühl, in die Ecke gedrängt zu werden, überfiel mich wieder, und ich wollte raus hier. »Bis morgen«, sagte ich, drehte mich um und zur Tür. Zum Teufel mit der Lernerei hier. Ich würde schon ein anderes Plätzchen finden.

»Charles.«

Ich ging weiter und tat so, als hätte ich ihn nicht gehört.

»Charles! Komm auf der Stelle zurück, oder du brauchst morgen nicht mehr zu erscheinen.«

Ich blieb stehen. Nach einer Minute drehte ich mich um und ging zurück, weil mir nichts anderes übrigblieb. Wie um alles in der Welt war ich nur auf die Idee gekommen, ich könnte McLeod dazu bringen zu tun, was ich wollte? Ich stand störrisch vor ihm und guckte auf den Boden.

»Schau mich an.«

Ich blickte hoch und starrte auf die zerfressene Hälfte seines Gesichts.

»Wovor hast du Angst?«

»Ich weiß nicht. Vor nichts.«

»Egal, was es ist, du wirst dich früher oder später damit auseinandersetzen müssen.« Trocken fügte er hinzu: »Das könnte man als Universalgesetz bezeichnen.« Dann noch: »Hat es mit deinem Vater zu tun?«

In diesem Augenblick war mir alles wieder gegenwärtig, so frisch und gärend, als ob es erst gestern passiert wäre. Es war an einem Tag am Strand vor drei Jahren, als Gloria meinen Vater einen Dummkopf nannte und irgendwas zu schwafeln anfing, daß ich die Wahrheit nicht über ihn wüßte. Das war während eines unserer übleren Kämpfe, als sie meine Sandburg niedergetrampelt hatte und ich sie im Sand flachlegte und ihr eine Menge davon in die Haare rieb. Sie wollte weiter über meinen Vater herziehen, als Barry ihr ein Handtuch über den Kopf stülpte – um den Sand rauszurubbeln, wie er sagte – und sie wegtrug. Mutter schwor hoch und heilig, sie wüßte nicht, wovon Gloria redete. Das tat auch Barry, als ich ihn später fragte. Ich glaubte ihnen. Ich mußte ihnen glauben.

»Also was ist los?« fragte McLeod.

»Nichts.« Ich begann, mich wieder umzudrehen, weil ich immer noch liebend gern verschwinden wollte.

McLeod streckte seinen Arm aus und faßte mich an der Schulter. »Du kannst hier lernen. Das willst du doch, oder?«

Komisch, das hatte ich ganz vergessen. Ich nickte. »Okay. Danke.«

»Schon gut. Tut mir leid, daß ich dir so zugesetzt habe.« Er ließ seine Hand sinken. »Ich bin nicht mehr an Menschen gewöhnt. Bin wohl bärbeißig und mißtrauisch geworden.« Unvermittelt fragte er: »Hast du schon gegessen?«

»Nein.«

»Bist du hungrig?«

Plötzlich merkte ich, was für einen Bärenhunger ich hatte. Ich nickte. »Ja.«

Ich verdrückte gerade ein riesiges Wurst-Käse-Brot, als mich McLeod, der sich noch einen Kaffee gemacht hatte und unruhig in der Küche auf und ab ging, noch einmal fragte: »Bist du sicher, es gibt keinen anderen Grund dafür, daß deine Mutter dich lieber nicht aufs St. Matthew's schicken möchte – abgesehen davon, daß sie dich lieber zu Hause hätte? Könnte es am Geld liegen?«

Ich schluckte den letzten Bissen hinunter und wischte mit einem Stück Rinde einen Klecks Mayonnaise auf. »Nein. Am Geld liegt es nicht. Es existiert eine Art Fond, der die Ausbildungskosten von uns allen deckt.« Ich schob die Rinde in den Mund, kaute darauf herum und schluckte sie hinunter. Dann fiel mir etwas ein. »Natürlich ist da noch, was der Strubbel mal gesagt hat. Er ist zwar nicht mehr mit Mutter verheiratet, aber vielleicht spukt ihr das immer noch im Kopf herum.«

»Was hat er denn gesagt?« McLeod nahm meinen Teller und mein Glas und trug sie zusammen mit seiner Tasse und dem Unterteller zur Spüle. Ich leckte mir die Finger ab. »Er schien der Meinung, alle Internate seien voll von Schwulen, und wenn man bei seinem Eintritt noch nicht schwul wäre, würde man's bald werden.«

McLeod schwieg. Dann öffnete er den Wasserhahn; ich stand auf und fing an, meinen Stuhl zurechtzurücken.

Nach einer Weile drehte er den Wasserhahn wieder zu. »Das stimmt nicht«, sagte er. »So etwas kann überall auftreten, auch an normalen Schulen. Die meisten Internate sind in diesem Punkt äußerst vorsichtig.« Er riß ein Papiertuch von der Rolle. »Hast du eigentlich zur Zeit einen

Stiefvater? Ich finde es manchmal schwierig, mit einem Stiefvater zurechtzukommen.«

Ich grinste. »Nicht nur Sie. Nein, im Moment habe ich keinen. Aber wahrscheinlich wird es wieder einen geben. Mutter mag es nicht, längere Zeit unverheiratet herumzulaufen...« Und in diesem Moment schlich sich Megs Idee, ob nicht McLeod Mutters nächster Ehemann werden könnte, in meine Gedanken, so daß ich mitten im Satz steckenblieb. Jetzt kam mir die Sache nicht mehr so verrückt vor wie damals, als Meg sie erstmals erwähnte.

»Das klingt nach unvollendetem Satz.«

»Nein. Nicht wirklich. Mir ist nur gerade etwas eingefallen.«

Er schaute mich eine Weile an. »Gibt es gegenwärtig einen Kandidaten?«

Ich war entzückt, daß er diesmal nicht spitz kriegte, was wirklich in meinem Kopf vorging, und sagte: »Nur Barry Notnagel – aber der ist eigentlich immer da.«

»Barry *was*?«

»Notnagel. In Wirklichkeit heißt er Rumbolt.«

McLeods Gesicht nahm einen merkwürdigen Ausdruck an. Dann fragte er: »Wie lange kennst du ihn schon?«

»Keine Ahnung – schon jahrelang, mit Unterbrechungen.«

»Weiß er, daß du hier oben bist – daß ich dir Nachhilfe gebe?«

»Nein. Natürlich nicht.«

McLeod ging zur Hintertür und nahm eine Jacke von dem Haken daneben.

»Kennen Sie ihn?« fragte ich.

Aber vermutlich hatte er es nicht mehr gehört, denn die Fliegentür schlug gerade hinter ihm zu. Er winkte. »Bis morgen.«

6

Meg hatte recht. Wenn ich nach der eigentlichen Nachhilfe noch bei McLeod blieb, lief alles viel entspannter und einfacher. Kurz nach sieben ging ich aus dem Haus, was mir nichts ausmachte, weil ich Frühaufsteher bin. McLeod arbeitete bis um elf mit mir. Anschließend trank ich Milch, aß ein paar Kekse und ein Brot; dabei hörte ich meist McLeod auf Richard vorbeireiten. Dann mußte ich mir immer ins Gedächtnis rufen, wo ich war, was ich hier machte und wer zuerst auf diese Idee gekommen war; denn mich wieder ans Lernen zu machen, während ich immer noch Richard über die Felder galoppieren hörte, war fast mehr, als ich ertragen konnte.

Manchmal kam McLeod erst gegen zwei Uhr zurück, wenn ich ging. Manchmal kam er schon früher, trat ins Zimmer und setzte sich mit einem Buch hin, alles, ohne ein Wort zu sagen. Aber wenn er sich im Zimmer aufhielt, war es fast, als sei er gar nicht da. Ich meine, normalerweise muß ich allein sein, um mich konzentrieren zu können, aber er störte mich nicht. Am ersten Tag, als ich um zwei aufstand und gehen wollte, sagte er, ich sollte jetzt lieber was essen, und wir gingen in die Küche hinaus.

»Es gibt genug im Kühlschrank. Mach dir ein Brot.«

Danach aßen wir meist Brote und tranken Milch oder Kaffee. Das heißt, in der ersten Woche machten wir das nur zweimal. An den anderen Tagen kaufte ich mir ein Hot dog und einen Milchshake, sobald ich ins Dorf zurückkam. Aber dann blieb ich drei- bis viermal in der Woche bei ihm, später jeden Tag. Manchmal fragte ich ihn etwas über den Lernstoff, obwohl ich erst befürchtete, er könnte glauben, ich versuche, noch mehr Nachhilfe aus ihm herauszuschinden, aber anscheinend war dem nicht so. So gegen halb drei, Viertel vor drei bummelte ich dann zum Strand hinunter. Ein-, zweimal, als er ins Dorf oder aufs Festland fuhr, nahm er mich im Auto bis zur Brücke mit.

Die Arbeit wurde interessanter. Ich entdeckte, daß mir Geschichte wirklich Spaß machte, und, gleich an zweiter Stelle, Mathe; das haute mich echt um. Aber gleichzeitig blickte ich zuversichtlicher in die Zukunft, weil Meg immer sagte, daß bei meinen Mathenoten die ganze Fliegerei zu den Gebrüdern Wright zurückkehren müßte, bevor sie mich in die Akademie der Luftwaffe aufnehmen könnten.

Nach einiger Zeit blieb ich manchmal noch länger. An einem Nachmittag kamen wir in der Küche richtig ins Gespräch. Ich schaute zufällig auf die Küchenuhr, und es war fünf vor fünf. »Das kann nicht stimmen«, sagte ich.

»Was denn?«

»Ihre Uhr.«

Er drehte sich um und schaute nach. »Nein, die stimmt schon, ich habe sie heute früh aufgezogen.«

Ich stand so hastig auf, daß ich meinen Stuhl umwarf. »Ich hab' nicht gedacht, daß es schon s-so spät ist.«

McLeod stand auf. »Falls du so erschrocken bist, weil du so viel von meiner wertvollen Zeit beansprucht hast, kann ich dich beruhigen. Meine Zeit ist nicht so heilig.«

Das brachte mich auf einen Gedanken. »Stimmt es, daß Sie...« Ich versetzte mir innerlich einen Fußtritt. Warum mußte ich, wenn alles prächtig lief, immer meine Nase in etwas stecken, was mich nichts anging? Wenn McLeod eins klargestellt hatte, dann, daß er großen Wert auf die Wahrung seiner Privatsphäre legte. Sie umgab ihn wie ein Burggraben. Ziemlich oft, wie an diesem Nachmittag, ließ er mich herein, und dann, anstatt mich damit zufriedenzugeben, trampelte ich wie ein Elefant im Porzellanladen herum und begann, stichelnde kleine Fragen zu stellen.

Er stand da und stützte sich mit den Händen auf die Lehne seines Stuhls. »Stimmt es, daß ich was?«

Eins hatte ich gelernt: Wenn einer anfängt, McLeod so was wie eine falsche Frage zu stellen, muß er sie beenden; er kann nicht einfach in der Mitte aufhören und sich durch den nächsten Ausgang verflüchtigen – nicht, wenn er wiederkommen wollte. Mir war schlecht, aber ich fragte weiter. »Daß Sie Ihr Geld mit Pornos verdienen, die Sie unter irgendeinem Pseudonym veröffentlichen?« Eine Sekunde lang herrschte Stille. Jetzt ist's passiert, dachte ich. Dann begann er zu lachen und lachte immer weiter, während er die Teller abräumte und zur Spüle trug.

Ich war so erleichtert, daß mir schwach wurde.

»Ist das der neueste Stand der Gerüchte?«

»Ja. Es liegt an den ganzen Päckchen und dem, was nach Schecks von Verlagen aussieht.«

»Du meinst, unsere hingebungsvolle Postbedienstete ist bestochen worden?«

Ich grinste. »Nein. Wenigstens glaube ich das nicht. Aber die Story kursiert.« Ich erzählte ihm von dem Massenpilgerzug zu den Buchläden, und er lachte sogar noch mehr. In diesem Moment wirkte er warmherzig und lustig und fast jung.

Er spülte die zwei Teller, Gläser, die Tasse und den Unterteller fertig ab. Ich trocknete sie ab und räumte sie auf.

»Pornos schreibe ich nicht«, sagte er schließlich. »Das wäre viel lukrativer.«

»Romane?« Irgendwie schien er nicht der Typ für Romane zu sein, jedenfalls nicht für die Art, die Megs Vater, der Verleger, oder der Strubbel im Haus hatten herumliegen lassen.

»Ja. Sozusagen. Eine Mischung aus Science Fiction und Mythologie.«

»Unter Ihrem Namen?«

»Nein. Terence Blake.«

Ich pfiff durch die Zähne. »Schau an!« Die Bücher von Terence Blake hatten noch nicht so eingeschlagen wie die von Tolkien, aber sie waren wirklich gut. »Das ist ja toll!

Ich meine – Ihre Bücher sind super!« Ich war beeindruckt. Wie schade, daß ich es nicht allen erzählen konnte, obwohl mir im selben Augenblick, als ich daran dachte, klarwurde, daß ich es gar nicht wollte.

Er lächelte. »Liebliche Worte für jeden Autor. Welche hast du denn gelesen?«

Ich sagte es ihm. »Es gibt noch zwei früher erschienene, die ich nicht gelesen habe. Jemand hat sie in der Schulbibliothek gestohlen, und in den Buchläden heißt es, sie seien vergriffen. Aber im Herbst erscheinen sie als Taschenbücher, und ich werde sie mir kaufen.«

»Ich habe sie. Du kannst sie dir ausleihen.«

Als wir zum Wohnzimmer hinübergingen, erkundigte ich mich: »Warum Terence Blake?«

»Terence hieß mein Vater, und Blake war der Mädchenname meiner Mutter.«

»Aber warum überhaupt ein Pseudonym? Ich meine – ich wäre ziemlich stolz, wenn ich die Bücher geschrieben hätte.«

»Als ich das erste schrieb, hatte ich keine Ahnung, ob es ankommen würde.«

Irgendwie wußte ich, daß das nicht der wahre Grund war, aber ich wußte auch, daß ich ihn lieber nicht weiterlöchern sollte. Seine Stimme hatte wieder diesen distanzierten Beiklang. Wir gingen zu den Bücherregalen. Er zog zwei Bücher heraus und reichte sie mir. »Sind das Ihre einzigen Exemplare?« fragte ich.

»Ist schon in Ordnung. Ich vertraue dir.«

Es tat mir ziemlich gut, daß er das sagte. Aber ich schüttelte den Kopf.

»Nein. Wenn sie irgend jemand sieht, sind sie nach ungefähr fünf Minuten weg. Alle Jungs am Strand würden sie haben wollen, und dann würden sie wissen wollen, wie ich an sie rangekommen bin.« Widerstrebend, aber im Gefühl meiner Heldenhaftigkeit, gab ich sie ihm zurück. »Wenn sie als Taschenbücher rauskommen, schicke ich sie Ihnen, damit Sie Ihr Autogramm reinschreiben. Würden Sie das tun? Ich meine, mir ein Autogramm geben?«

»Natürlich.«

Er sagte das so abrupt, daß ich mich fragte, ob ich wieder ins Fettnäpfchen getreten war. »Haben Sie nichts dagegen?«

Er ordnete gerade die Bücher wieder im Regal ein, wandte sich aber um und schaute mich an. »Nein, Charles. Ich habe nichts dagegen.«

Dieser Sommer ist mir als eine Reihe von Bildern im Gedächtnis, die messerscharf vor mir aufblitzen, zum Teil in Form von Gesprächsbruchstücken.

Einmal hatte er mich gefragt. »Was wünschst du dir am meisten? Schnell – nicht nachdenken.«

»Freiheit.«

»Freiheit wovon?«

»Von beengten Wohnverhältnissen. Zu tun und zu lassen, was ich will.«

»Verständlich. Aber erwarte nur keine Freiheit von den Konsequenzen deines Tuns, wenn du tust, was du willst.«

Damals war ich enttäuscht von McLeod. Das klang nach typischem, doppelbödigem Erwachsenengerede.

Ein anderes Mal schrieb ich das Gedicht ab, das er mir vorgelesen hatte, ›Höhenflug‹, damit ich es den anderen Fliegergeschichten in meinem Notizbuch hinzufügen konnte, das ich mit Unterbrechungen geführt hatte, seit ich sieben war. Ich fragte ihn, ob er an Gott glaube.

»Natürlich.« Er sagte es fast ungeduldig.

Ich wartete, daß er mich nach meiner Einstellung befragte, aber er tat es nicht. Dann sah er mein Gesicht und lachte. »Was hast du denn erwartet? Daß ich dich missioniere?«

Ich grinste und kam mir blöd vor. Seine Fähigkeit, meine Gedanken zu erraten, raubte einem den letzten

Nerv. »Nun, der Strubbel hat immer gesagt, das Problem mit den wahren Gläubigen sei, daß sie unbedingt das Wort Gottes verbreiten müßten.«

»In gewisser Hinsicht hat er recht. Aber in deinem Fall wäre es jetzt an der Zeit, daß du selbst deine Fühler nach dem ausstreckst, was dir wichtig ist – anstatt zu warten, daß sich andere um dich bemühen.«

»Wie meinen Sie das?«

»Ungefähr neunzig Prozent deiner Zeit scheinst du damit verbracht zu haben, dich gegen Dinge und Menschen aufzulehnen; das ist dir jetzt zu einer psychischen Gewohnheit geworden. Jetzt ist es Zeit, daß du selbst die Initiative ergreifst.«

»Ich bin hierhergekommen.«

»Ja. Hast du dir jemals folgendes überlegt: Wenn nun deine Mutter oder einer deiner zahlreichen Stiefväter gesagt hätte: ›Charles, wir haben für dich in diesem Sommer Nachhilfeunterricht organisiert. Du hast fünfmal die Woche drei Stunden Unterricht, dann wirst du noch einmal genauso lange lernen, während deine Freunde unten am Strand faulenzen oder im Boot rausfahren, und als Belohnung kommst du in eine Schule, in die du zwar nicht rasend gern gehen willst, die aber das kleinere von zwei Übeln ist.‹ Wie hättest du dich dann deiner Meinung nach gefühlt?«

Da hatte er ins Schwarze getroffen. »Mies.«

Von dieser Seite her betrachtet, klangen sechs Stunden Lernen und Nachhilfeunterricht wie der schlimmste Alptraum. Ich mußte nicht ganz bei Trost sein. Aber in Wahrheit hatte ich eine Menge Spaß, und weil es bei mir mit dem Studieren immer noch nicht weit her war, bedeutete das, daß ich an McLeods Gesellschaft Spaß hatte. Er war anders als alle Leute, die ich bisher kennengelernt hatte. Ich schrieb das Gedicht zu Ende ab und las es noch einmal. Der Anmerkung nach war der Autor Magee mit neunzehn Jahren in der Luftschlacht um England ums Leben gekommen – 1941, was für meinen Zeitbegriff praktisch soviel bedeutete wie anno dazumal bei der amerikansichen Unabhängigkeitserklärung. Doch ich begann, ein paar Berechnungen anzustellen. In Wirklichkeit versuchte ich herauszufinden, ob McLeod sich seine Verbrennungen als Pilot geholt hatte. Die Idee sagte mir zu. Jeder, der 1941, sagen wir mal, neunzehn war, würde jetzt – ich schrieb ein paar Zahlen auf den Papierrand – ungefähr fünfzig sein. Möglich. Ich schaute zu McLeod hinüber, der einige Bücher in einem Regal neu ordnete. Er wandte mir die gute Seite seines Gesichts zu, so daß ich nur einen Narbenzipfel sehen konnte, der um sein Kinn herumreichte. Seine Haare waren schon ziemlich ergraut. Andererseits werden manche Leute schon mit dreißig grau.

»Was versuchst du denn herauszukriegen?« fragte er, ohne sich umzudrehen.

Ich fühlte mich ertappt und platzte heraus: »Ich fragte mich, wie alt Sie wohl wären.«

»Die einfachste Methode ist: Fragen. Siebenundvierzig.«

Noch ein paar Berechnungen. Aber nicht einmal McLeod konnte mit sechzehn an der Luftschlacht um England teilgenommen haben. Doch er könnte ganz am Ende des Kriegs Pilot der amerikanischen Luftwaffe gewesen sein. »Waren Sie im zweiten Weltkrieg in der Luftwaffe?«

»Nein.«

»Sie waren nicht im Krieg?«

»Doch. Infanterie. Ein ganz gewöhnlicher Stoppelhopser.«

»Haben Sie sich dort...« Ihn nach seinem Alter und nach einem Unfall zu fragen, der die Hälfte seines Gesichts entstellt hatte, war nicht genau dasselbe.

»Habe ich dort was?«

Ich wünschte mir, ich hätte nicht davon angefangen. Aber seine Bemerkung über meine Neigung davonzulaufen, saß mir immer noch wie ein Stachel im Fleisch. »Ihre –

Ihre Verbrennungen geholt.« Er schaute mich an, ohne mit der Wimper zu zucken. Zum ersten Mal fragte ich mich, was diese Entstellung für ihn bedeuten könnte.

»Ich hätte das nicht fragen sollen«, murmelte ich.

»Die meisten fragen früher oder später.« Er nahm ein weiteres Buch von einem Stapel auf dem Boden und stellte es ins Regal. »Es ist bei einem Autounfall passiert.« Er machte eine Pause und sprach dann ganz bewußt: »Ich war zu betrunken, um zu wissen, was ich tat, bin auf Eis ins Rutschen gekommen und über den Straßenrand einen Abhang hinuntergestürzt.«

Ich war wie betäubt. Da zerplatzte meine Vorstellung vom verwundeten Kriegshelden wie eine Seifenblase. »Das tut mir leid«, sagte ich und war nicht sicher, ob es mir leid tat, daß er sein Gesicht oder ich meinen Kriegshelden verloren hatte.

Er schaute mich an. »Mir auch. Nicht nur deswegen« – er deutete auf seine verbrannte Gesichtshälfte –, »sondern weil ich einen Jungen dabei hatte, einen Jungen ungefähr in deinem Alter. Er ist dabei verbrannt.«

Irgendwie war eine Biene ins Zimmer geraten und brummte herum. Im nun folgenden Schweigen dröhnte sie wie eine Boeing 747.

Dann sagte McLeod: »Es ist schon spät, Charles. Du solltest jetzt lieber gehen.«

Am Tag danach wachte ich noch vor Morgengrauen auf und dachte darüber nach, was McLeod gesagt hatte. Das Merkwürdige war, daß ich erwartet hatte, angewidert und enttäuscht zu sein, aber ich fühlte mich gar nicht so. Ich empfand nur Mitleid. Mir tat der Junge leid, der umgekommen war, aber noch mehr leid tat mir McLeod. Das war nicht ganz logisch, denn tot war schließlich der Junge, aber ich war sicher, daß McLeod die Schuld seither mit sich herumgeschleppt hatte, und daß das viel mit seiner Lebensweise zu tun hatte, und warum er sich nie sein Gesicht operieren ließ, wie es Mutter und jeder in unserer Ferienkolonie für möglich und angebracht hielt.

»Was für eine schlimme Geschichte«, sagte ich zu Moxie, der unter dem Leintuch neben mir lag. Meine Stimme mußte ihn geweckt haben, weil ich plötzlich das heftige Vibrieren an meinen Rippen spürte, was bedeutete, daß er schnurrte. Nach ein paar Sekunden folgte auch der Ton, recht ähnlich wie ein schlimmer Fall von Bronchitis.

Eine Weile später kam Meg in mein Zimmer. Da ich den Kopf voller Gedanken hatte, war ich nicht allzu erfreut, sie zu sehen.

»Wie geht's Supermann?« fragte sie, pflanzte sich mit dem Rücken gegen das Fußende meines Betts und quetschte meine Füße zusammen.

»Gut.« Ich wollte nicht über McLeod sprechen.

»Du nimmst ihn ganz schön unter deine Fittiche.«

»Was soll ich schon über ihn sagen?«

»Okay. Immer ruhig Blut! Aber die Leute fragen sich allmählich, was du die ganze Zeit treibst und wo du steckst.«

»Und was sagst du ihnen?«

»Ich sage den Jungs, du würdest gezwungen, bei irgendeinem Lehrertypen auf dem Festland Nachhilfe zu nehmen. Und wenn Mutter fragt: ›Wo ist Chuck‹, was sie nachmittags manchmal macht – mit deiner vormittäglichen Lernerei hat sie sich abgefunden –, dann sage ich, dort, wo sich seine Clique herumtreibt, außer, wenn sie direkt da ist, erfinde ich was anderes. Aber an einem dieser schönen Tage wird sie nicht mich fragen, sondern Pete oder Sam oder Tom, und dann fließt Öl ins Feuer.«

»Und Gloria? Was ist mit ihr?«

»Sie hat immer noch den unvergleichlichen Percy unter der Fuchtel. Aber Sue Robinson kommt nächste Woche aus dem Zeltlager zurück.«

»Au weia!« Ich wurstelte mich hoch und lehnte mich gegen das Kopfende. »Das sind schlechte Nachrichten.« Das konnte man wohl sagen. Sue ist die einzige wirkliche Konkurrenz für Gloria: Rote Haare, grüne Augen, und wenn ihre Figur auch nicht ganz so nymphenartig ist wie die unserer Gloria, so ist ihre Persönlichkeit doch um Lichtjahre reizvoller.

»Und«, fuhr Meg fort, als ob sie zu einem wirklichen Tiefschlag ausholte, »den ganzen letzten Sommer war sie die Flamme von Pest-Percy.«

Die Lage sah nicht besonders rosig aus. Aber irgendwie war es mir egal. Alles schien weit weg und unwichtig. Meine Gedanken glitten zurück zu dem, was McLeod mir erzählt hatte.

»Was ich sage, interessiert dich anscheinend nicht«, maulte Meg.

»Klar interessiert mich das, Meg. Aber ich bin noch mit anderen Dingen beschäftigt. Außerdem bin ich müde. Ich hab' nicht viel geschlafen. Ich würde gern noch eine Stunde dösen, bevor ich aufstehen muß. Schließlich«, endete ich im Brustton der Tugendhaftigkeit, »hast nur du Ferien. Ich muß arbeiten.«

»Alles klar.« Meg war wütend, und ich wußte es.

»Sei nicht beleidigt, Megsy.«

Sie wandte sich um. »Du bist nicht wie früher. Du hast dich verändert.«

»Wie meinst du das?«

»Ich weiß nicht«, sagte Meg langsam. »Ich kann nicht sagen, wie ich das meine. Aber du bist nicht wie sonst. Und das gefällt mir nicht.«

»Meg!«

Aber sie war schon draußen, und ich war ziemlich sicher, daß sie weinte. Nun ja, dachte ich und kroch wieder unters Leintuch, ich würde es schon irgendwie wiedergutmachen; ich wußte, daß sie ziemlich einsam war, weil dieses Jahr nicht allzu viele Kids ihres Alters hier waren. Unsere Sommerkolonie ist stark nach Altersgruppen getrennt. Die Erwachsenen verfolgen ihre eigenen Interessen, was vor allem heißt, daß sie sich gegenseitig auf

Drinks einladen oder an ihrem Strandende oder im Garten ihrer Häuser herumliegen und ihre Bräune pflegen. Nur die Kids schwimmen viel. Es ist ziemlich felsig, und das Wasser ist kalt. Wahrscheinlich bin ich deshalb mit meinem Doppelleben so lange durchgekommen. Ordnungssinn gilt hier als Schimpfwort, und wer zu viele Fragen stellt, zeigt eindeutige Anzeichen von bourgeoiser Kleinkariertheit. Mit dieser Überlegung tröstete ich mich – Megs düstere Ankündigungen hatten mir mehr zugesetzt, als ich zugeben wollte –, und schlief mit dem Gedanken an McLeod ein. Ich wußte, daß ich etwas sagen mußte, und hoffte, daß ich es richtig sagen könnte, sobald der Moment gekommen war.

An diesem Vormittag war er distanziert und ließ eine hinterhältige Fangfrage nach der anderen auf mich niederprasseln; er fühlte mir wirklich auf den Zahn, was ich gelernt hatte, nicht erst in letzter Zeit, sondern von Anfang an. Als die drei Stunden um waren, fühlte ich mich durch die Mangel gedreht. Er muß es gemerkt haben, weil er sofort Milch und Kekse ins Arbeitszimmer brachte. »Wenn du das gegessen hast, solltest du rausgehen und eine halbe Stunde joggen. Ich würde dir gern Richard leihen, wenn er nicht so neurotisch wäre.«

»Wie geht's ihm?« fragte ich, wobei ich mit großer Geschwindigkeit die Kekse hinunterschlang.

»Gut.«

»Also, was ich Ihnen sagen wollte«, platzte ich heraus; ich war entschlossen, das, was mich beschäftigte, anzubringen. »Wegen dem, was Sie mir gestern erzählt haben. Über den Unfall ...« Ich blickte angestrengt auf den Tisch, wo ich den Keksteller nervös herumdrehte. »Was ich sagen will – also, da ist Ihnen eine blöde Sache passiert, und wahrscheinlich war es nicht Ihre Schuld.«

»Da täuschst du dich. Es war ganz und gar meine Schuld.«

»Also gut. Von mir aus. Was ich meine...« Ich wollte ihm so wahnsinnig gern sagen, was ich empfand, aber ich fand keine Worte. Dann passierte etwas Merkwürdiges. Ohne mein Zutun hob sich meine Hand und legte sich auf seinen Arm.

Er regte sich nicht und sagte kein Wort. Seine gute Gesichtshälfte war weiß wie Papier. Dann schüttelte er meine Hand ab und ging hinaus.

7

Alles in mir brannte wie ein Geschwür. Schlimmer – ich kam mir vor wie ein Idiot.

So war das also. Er war der Meinung, ich müßte selbst meine Fühler ausstrecken! So ein Heuchler! Da hatte ich gedacht, er sei eine Ausnahmeerscheinung unter den Erwachsenen, und jetzt stellte sich heraus, daß er genauso war wie der ganze Rest: Zwischen seinen Worten und Taten klaffte ein himmelweiter Unterschied. Ich war so in Rage, daß ich meine Gedanken nur mit Mühe sammeln konnte. Trotzdem konnte ich mich des Gefühls nicht erwehren, daß die Sache auch ihre lachhafte Seite hätte. Wäre diese Nachhilfe Mutters Idee oder eine Anregung der Schule gewesen, welche Chance hätte sich mir geboten, den Krempel hinzuschmeißen. Aber die Unternehmung ging ganz auf mein Konto, und deshalb mußte ich ausharren, auch wenn McLeod sich benommen hatte, als sei meine Hand eine Kakerlake oder sonst was. Als hätte ich ihm einen unzüchtigen Antrag gemacht. Das war's, was mich fertigmachte. Na schön – sollte er sich doch zum Teufel scheren! Ich würde aus ihm herausholen, was ich konnte, meine Prüfung bestehen und ihm dann sagen, er könne mir den Buckel runterrutschen.

Aber meine Fantasien, wie ich ihm entgegenschleudern würde, was für ein Schwein er wäre, förderten nicht gerade meine Konzentration. Bis ungefähr halb eins hielt ich's aus. Als ich bis dahin so gut wie nichts aufgenommen hatte, gab ich auf.

Als ich den Weg hinuntereilte, hörte ich Richards Hufe hinter dem langen Kiefernstreifen auf der anderen Seite der Klippe; er näherte sich im raschen Galopp. Ich hatte keine Lust, McLeod zu begegnen, deshalb legte ich einen

Spurt ein, sprang übers Tor, flitzte hinunter zur Brücke und überquerte sie. Dann bog ich von der Hauptstraße ab und lief den steilen Hügel hinunter, der auf seiner Rückseite zum Dorf hin abfiel. Sobald ich dort angekommen war, fühlte ich mich sicher. Ich schlenderte zur Außentheke der Eisdiele und spendierte mir zwei Hamburger und eine doppelte Malzmilch, wovon ich dann nur die Hälfte essen konnte. Das war wirklich ein Bombenvormittag!

Von meinem Standort aus konnte ich gut ins Innere der Eisdiele sehen. Eine ganze Meute von Glorias Clique war da, aber von meiner konnte ich niemanden erspähen. Als ich alles gegessen hatte, was ich runterbringen konnte, beschloß ich, der Bucht einen Besuch abzustatten.

Ich rannte zum Pier hinunter und sprang in eins der Dingis, band es los und ruderte an der Landspitze vorbei nach Norden, die Küste entlang, bis ich auf die Bucht stieß. Einer der Gründe, warum wir uns die Bucht ausgesucht hatten, war, daß sie vom Meer aus mehr oder weniger wie eine Reihe von Felsen aussah, die die Küste säumten. Aber wenn man bis an das Ende der Felsen gelangte, entdeckte man einen schmalen Durchschlupf und sah, daß die Felsen eine Art Damm parallel zum Ufer bildeten und in ihrem Knick einen kleinen Strand verbargen.

Ich bog an der richtigen Stelle ein, ruderte über die winzige Bucht und band das Dingi an einen Baumstumpf in Wassernähe. Dann rannte ich die Biegung des Strands entlang, sprang um einen großen Felsbrocken herum, und da waren sie alle versammelt – Pete Minton – Percys Bruder –, Sam Leggett, Tommy Klein, Luke und Mike Warner und Matt Henry. Sie lagen ausgestreckt da, außer Pete, der mit dem Rücken gegen einen Felsen saß. Dünne Rauchspiralen zogen von jedem der Jungs auf. Dann roch ich es: Hasch.

Damit hatte ich wirklich nicht gerechnet. Wir redeten immer viel davon, uns etwas von dem Zeugs zu beschaffen, aber Hasch ist in diesen Gegenden so einfach zu finden wie Pornos. Doch jetzt konnte ich keinen Rückzieher mehr machen.

»Ja, da schaut her, der Streber!« sagte Pete verträumt.

»Wie geht's beim Pauken?« fragte Mike.

»Und wie geht's dem Mann ohne Gesicht?« stimmte Tony ein. »Wie heißt er doch gleich, Jungs?«

»McLeod«, kam es im Chor.

Also wußten sie es. »Na schön.« Ich setzte mich hin und lehnte mich gegen einen Baum. Mir war der Schreck wirklich in die Glieder gefahren, aber ich wollte mir nichts anmerken lassen. Ich hätte liebend gern herausgekriegt, wieviel sie wußten, doch mir war klar, daß ich lieber nicht direkt fragen sollte. Ich zupfte einen Grashalm bei einem der Felsen ab, klemmte ihn mir zwischen die Daumen und blies ein paar dünne, schrille Töne.

»Mann, du mußt wirklich scharf auf diese öde Schule sein«, sagte Pete.

»Hast du nicht gehört: Er will doch ein Held der Lüfte werden.« Sam paffte ausgiebig an seinem Joint. »Wir heben ab, empor ins wilde Blau...« Kichernd brach er ab.

»Halts Maul«, sagte ich.

»Bitte vielmals um Verzeihung, Sir. *Achtung! Sieg Heil!* Leck mich am Arsch!«

»Halt's Maul, hab' ich gesagt.«

»Ach Gottchen, sind wir aber empfindlich! Wer hat überhaupt gesagt, daß du hierherkommen kannst? Du gehörst nicht mehr zu uns.«

»Was du nicht sagst! Wer von euch schmeißt mich raus?«

Sie waren so bekifft, daß ich mich ziemlich sicher vor ihnen fühlte, als ich das sagte, aber selbst wenn sie nicht bekifft gewesen wären, hätte ich es allein mit jedem von ihnen aufnehmen können, sogar mit Pete, der schwerer ist als ich. Keiner von ihnen ist ausgesprochen das, was man als athletischen Typ bezeichnen würde.

Keiner ging darauf ein, aber ich wußte, daß ich mich auf sehr unwegsamem Gelände bewegte. Irgendwie – wie, wußte ich nicht – hatten sie rausgekriegt, was ich machte, und mich aus ihrem Club gestrichen. Ich legte mich zurück und dachte darüber nach. Man brauchte kein Genie zu sein, um zwei und zwei zusammenzuzählen: Meg hatte es gut gemeint, aber sie wußten, daß ich nicht zum Lernen gezwungen wurde. Wäre der Druck von Mutter oder von der Schule ausgegangen, wäre ich jeden Nachmittag hier unten gewesen und hätte gemotzt. Und zwar jeden Tag zur selben Zeit – sofort nach Ende des Unterrichts. Dann wäre es okay gewesen. Doch daß ich aus freien Stücken büffelte, machte mich zu einem Aussätzigen. Aber sie hatten es niemandem erzählt, sonst hätte es Gloria gehört. Mutter und Meg hätten es gehört. Und Sie können mir glauben, daß ich bei Sonnenuntergang davon gehört hätte. Nach derselben Logik hatte Meg heute früh nichts davon gewußt, was jetzt ein Jahr zurückzuliegen schien. Oder wußte sie doch was? Vielleicht wollte sie mir's sagen, als sie beleidigt abzog. Das brachte mich wieder auf McLeod, den ich sorgfältig aus meinen Gedanken getilgt hatte, seit ich aus seinem Haus abgehauen war. Scheißkerl. »Woher weißt du's?« fragte ich Pete.

»Hab' dich ein paarmal raufgehen sehen und bin dir gefolgt.«

»Miese Type.«

»Selber miese Type. Was hast du an unserer Schule in New York auszusetzen?«

»Nichts. Ich will bloß von zu Hause weg.«

Pete schwieg. Ich wartete darauf, daß er etwas über Gloria und seinen Bruder sagen würde, wünschte mir halb, er würde es, halb, er würde es nicht, für den Fall, daß ich ihm eins über die Rübe geben müßte. Aber er sagte nichts. Ich wollte ihn auch fragen, ob Percy was über McLeod wußte, nur um mich zu vergewissern. Aber das wäre arg daneben gewesen.

»Zieh mal«, sagte Pete und hielt mir seinen Joint hin.

Genau davor hatte ich Angst. Ich hatte bei dem Gerede über die Haschbeschaffung mitgemacht, weil ich nicht glaubte, daß die geringste Chance bestand, wirklich etwas davon in die Finger zu kriegen. In der Schule war ich immer im Training, Baseball, Fußball, Basketball, Hockey oder sonst was, was eine akzeptable Entschuldigung war, wenn man nicht mitzog. Das eine Mal, als ich mit ein paar Jungs aus meiner Klasse im Umkleideraum geraucht hatte, war ich so bekifft, daß sie Angst hatten, mich nach Hause gehen zu lassen. Nicht, weil sie fürchteten, die Lehrer würden die Peitsche schwingen – von denen rauchten die meisten selber. Aber jeder Bulle, der mich gesehen hätte, hätte genau gewußt, was mit mir los war, und in meinem Zustand hätte ich ihm wahrscheinlich erzählt, wann, wo und mit wem ich geraucht hatte. Das Ganze schüchterte mich ein, und ich war froh, das Training als Ausrede benützen zu können. Ich hatte das seltsame, aber starke Gefühl, daß Hasch nicht meine Sache wäre, nicht wegen der Gesetze oder dem ganzen Mist, den sie – verschmitzt mit den Augen zwinkernd – in der Schule verteilen. Und es hatte nichts damit zu tun, was die anderen trieben. Irgend etwas in mir drängte mich einfach weg davon.

Aber jetzt war ich nicht im Training, und Pete wußte nicht, was in der Schule passiert war, und es nervte mich, daß ich nicht mehr dazugehörte. Ich sagte so beiläufig wie ich konnte: »Ich vertrag' das Zeug nicht.«

»Hört euch diesen Pfadfinder an! Du bist einfach zu gut für uns, Chuck. Vielleicht solltest du lieber wieder zum Herrn Lehrer laufen.«

»Er wird wahrscheinlich sowieso beim Herrn Lehrer petzen, daß die bösen Buben Haschisch rauchen.«

»Ich hab' doch gesagt, halt's Maul! Gib her.« Ich nahm den Joint aus Petes Hand. Daß sie McLeod erwähnt hatten, hatte die Sache entschieden. Ganz behutsam, damit sie nicht mitkriegten, was für ein Amateur ich war, nahm ich einen Zug, wobei ich so wenig wie möglich inhalierte. Es geschah nichts. Dann nahm ich einen zweiten.

»Hier«, sagte Pete. »Du kannst einen eigenen haben.«

Anfangs war es nicht wie beim letzten Mal im Umkleideraum, wahrscheinlich, weil ich so vorsichtig vorging. Nach ein bis zwei Zügen begann ich mich zu entspannen. Dann fühlte ich mich gut, als ob sich alles in Wohlgefallen auflöste. Und falls es das nicht tat, war es auch egal.

»Wo hat sich McLeod die Narben geholt?« fragte Pete.

Da alles langsamer geworden war, brauchte ich eine Weile, bis ich antwortete.

»Bei einem Autounfall«, sagte ich wie im Traum. McLeod hatte mich wirklich abblitzen lassen. Die Erinnerung an diesen Vormittag durchschnitt meinen angenehmen Nebel; Schmerz und Wut versetzten mir einen gedämpften Stoß, und daher setzte ich hinzu: »Er war besoffen und hatte einen Jungen dabei, der verbrannte.«

»Wow! Habt ihr das gehört, Jungs?«

Das gute Gefühl schwand dahin. Irgend etwas war schiefgelaufen. Ich fürchtete, falls ich darauf kommen sollte, was schiefgelaufen war, würde alles nur noch schlimmer werden. Deshalb nahm ich noch einmal einen tiefen Zug.

Ich kann nicht erklären, was anschließend passierte. Später reimte ich mir zusammen, daß ich wohl einfach die Besinnung verloren haben mußte. Eingeschlafen bin. Einen Alptraum hatte... Der Himmel und das Wasser schienen ineinander zu verschwimmen. Möwen flogen auf. Nach einer Weile schienen sie in Formation zu fliegen, und dann merkte ich, daß sie Triebwerke hatten und gar keine Möwen waren, sondern Flugzeuge. Dann kam ein tolles, wunderbares Gefühl des Schwebens, denn ich war in einem der Flugzeuge, und manchmal war ich in der Luft, manchmal trieb ich auf dem Wasser, doch das war dasselbe. Ich wurde immer glücklicher. Dann landete ich auf dem Wasser wie eine der Möwen, stieg aus der Maschine und lief spritzend durchs Wasser ans Ufer, zu meinem Vater, der dort stand. Ich wußte, daß es mein Vater war, weil die Sonne seine blonden Haare zum Gleißen brachte. Doch eins war seltsam. Ich konnte sein Gesicht nicht sehen, weil die Sonne hineinschien und es nur ein verschwommener Kreis war. Ich sagte zu meiner Mutter, während ich so aufs Ufer zuging: »Aber du mußt doch *irgendwo* ein anderes Bild von ihm haben. Wie soll ich je wissen, wie er aussah?« Und sie sagte: »Aber deswegen habe ich die Bilder doch weggeworfen. Ich will nicht, daß du weißt, wie er aussah, weil du ihm dann vielleicht ähnlich werden und mich genauso hassen würdest wie er.« Genau etwas von der Art, was man von einer Frau erwarten würde.

»Aber du warst doch diejenige, die *ihn* gehaßt hat«, sagte ich. »Deshalb...«

Ich unterbrach mich, weil ich plötzlich merkte, daß ich jetzt Vaters Gesicht sehr gut sehen konnte. Es hatte eine rote Narbe auf einer Seite, die aber immer kleiner wurde. Komisch waren jedoch seine Haare. Ich hätte schwören können, daß sie blond waren. Jetzt konnte ich sehen, daß sie schwarz und grau waren. Plötzlich war es McLeod, abzüglich Narbe. Er lächelte und streckte seine Hände aus. Ich stieß einen Schrei aus und begann, auf ihn zuzurennen. Und ab dann lief alles schief, furchtbar schief. Wie, wußte ich nicht, aber der Himmel war beinahe schwarz. McLeods Gesicht war so weiß wie die Steine, und er war schrecklich zornig. Er war so zornig, daß ich wußte, er würde mir nie verzeihen, und ich würde sowieso sterben, weil ich die Strömung vergessen hatte, die mich hinaus und nach unten zog, ins Wasser, wo ich nicht atmen konnte...

»Drück seinen Kopf noch mal runter«, sagte Pete.

»Nein«, versuchte ich zu sagen, als sich mein Mund mit Wasser füllte.

»Jetzt hast du ihn ertränkt.« Das war Sam.

In meinem Gesicht landete ein brennender Schlag, dann ein zweiter. Langsam kam ich zu mir. Der Himmel war nicht schwarz, sondern hatte sein übliches, wässriges Sonnenblau.

»He, Chuck! Wach auf! Willst du uns alle in Schwierigkeiten bringen? Wenn deine Mutter dich so sieht und uns verpfeift, wird's hier überall von Bullen wimmeln.«

Ich stand voll bekleidet bis zur Hüfte im Wasser. Die anderen standen nackt um mich herum. Pete schlug mir noch mal ins Gesicht. »Wach auf!«

Ich versuchte, ihm einen Schlag zu versetzen, der ihm den Kopf herunterreißen würde, verlor dabei aber nur den Halt und mußte gestützt werden.

»Mir geht's gut. Laßt mich los.«

»Mann! Das war echt kein Witz, als du gesagt hast, du verträgst das Zeug nicht.«

Ich stieß ihn zur Seite und schwankte aufs Ufer zu. Kaum hatte ich den steinigen Strand erreicht, als ich zu kotzen anfing. Vielleicht war es der Joint, vielleicht das Meerwasser, das ich geschluckt hatte. Jedenfalls hatte ich das Gefühl, daß mir mein Frühstück von vorgestern wieder hochkam.

Ich zitterte, und meine Stirn war klamm vor Schweiß, aber nach einer Minute schaffte ich es, zum Wasser zurückzukriechen, mir das Gesicht zu waschen und in einer Säuberungsaktion Wasser auf den Strand zu spritzen.

»Du solltest besser auf dem Pfad der Tugend bleiben«, sagte Pete, als er in seine Hose schlüpfte. »Du bist eine wandelnde Menschheitsbedrohung.«

»Vielen Dank.«

»Du kannst mit im Ruderboot zurückfahren«, fuhr er mürrisch fort. »Einer von uns kann das Dingi zurückrudern.«

»Das schaff' ich schon selber.«

»Wie's beliebt. Ich brauche dir wohl nicht zu sagen, daß

wir dich aufmischen, wenn du deine große Klappe aufmachst.«

»Mach dir keine Sorgen«, sagte ich sarkastisch. »Euer Geheimnis ist bei mir sicher.« Ich schluckte den schlechten Geschmak in meinem Mund hinunter. »Was ich dir über McLeod erzählt habe, behältst du ebenfalls für dich.«

»Wem sollte ich das schon erzählen?« fragte Pete und stieg ins Boot.

Ich versuchte, mich selbst davon zu überzeugen, daß McLeod alles verdiente, was ich ihm antat, weil er selber ein Ekel war. Aber ich schaffte es nicht, mich von dem miesen Gefühl zu befreien, als ob ich etwas in Gang gesetzt hätte, was ich nicht mehr bremsen könnte. Mit wackligen Beinen kletterte ich ins Dingi und ruderte zurück um die Landspitze, wobei ich darauf achtete, daß das andere Boot immer gut in Sichtweite blieb.

Zum ersten Mal an diesem verkorksten Tag schien mir das Schicksal gnädig gestimmt. Als ich zurück nach Hause kam, war niemand da. Ich zog mir die nassen Kleider aus, schlüpfte in trockene Shorts und einen Pulli, legte die nassen Sachen aufs Garagendach vor meinem Fenster, wo sie in der Sonne trocknen sollten, und fiel ins Bett.

Am nächsten Morgen schlich ich mich früh hinunter, um mir Milch und Frühstück reinzuschaufeln. Ich war ausgehungert. Aber sogar nach zwei Tellern Cornflakes und vier Toasts mit Butter und Honig und zwei Glas Milch fühlte ich mich nicht in Bestform wie sonst – schon in den Startlöchern, um loszupreschen. Ich hatte das Gefühl, mein Kopf sei mit Watte ausgestopft, und ich sehnte mich nur wieder nach meinem Bett. Ich wollte auch nicht zu McLeod. Eigentlich war er der allerletzte, zu dem ich gehen wollte. Ich wußte nicht, was ich tun sollte.

Ich saß da, zu benebelt, um auch nur einen Finger zu rühren, als die Tür aufging und Mutter hereinkam. Mehr noch: Sie sah hellwach aus. Wenn ich nicht gesessen hätte, hätte man mich mit Glorias falschen Wimpern umstupsen können. Mutter trug einen seidigen blauen Morgenmantel, der nach Made in Hongkong aussah; ihre dunklen Haare waren auf ihrem Kopf aufgetürmt und mit einem passenden blauen Band festgeknotet. Sie sah zum Anbeißen hübsch aus. Ich saß da wie Eis im Schälchen, verzehrbereit für sie, wenn sie es nur gewußt hätte. Zum Glück hat sie es wohl nicht gewußt.

»Wo warst du gestern, Chuck?«

Daher also wehte der Wind. »Bei meiner Clique.«

»Was habt ihr gemacht?«

»Was wir immer machen. Schwimmen, herumblödeln.«

»Habt ihr Marihuana geraucht?«

»Nein. Wo hätten wir es denn herhaben sollen?«

»Warum warst du dann im tiefsten Schlaf, als wir hereinkamen? Meg und ich, wir haben beide versucht, dich wachzurütteln, aber du hast dich nicht gerührt. Ich mache mir Sorgen um dich, Chuck. Meg sagt, du hättest einen Platz zum Lernen gefunden. Wenn du wirklich lernst, dann kann ich dazu nur sagen, was ich schon die ganze Zeit gesagt habe. Du lernst zuviel. Du solltest mit den anderen draußen sein.«

Ich riß mich zusammen. »Erst löcherst du mich, was ich wohl mit den anderen getrieben habe, dann erzählst du mir, ich solle mehr Zeit mit ihnen verbringen.« Gegen jede innere Neigung stand ich auf. »Ich kann tun, was ich will. Immer ist es das Verkehrte. Nun, ich werde diese Prüfung bestehen, damit ich nächstes Jahr aufs St. Matthew's gehen kann. Deswegen büffle ich.«

»Ich will nicht, daß du aufs St. Matthew's gehst. Ich will überhaupt nicht, daß du auf ein Internat gehst. Du weißt, was ich davon halte. Ich bin nicht sicher, ob ich dich gehen lasse, selbst wenn du die Prüfung bestehst.«

Komisch. Vor ein paar Minuten dachte ich, daß ich McLeod am liebsten nie wiedersehen würde; dorthin zum

Unterricht zu gehen, war mir so erstrebenswert wie ein Aufenthalt im Knast erschienen. Mutters Problem ist, daß sie nicht weiß, wann sie die Trümpfe in der Hand hält. »In New York gehe ich nicht mehr an diese Schule zurück. Wenn du mich nicht aufs St. Matthew's gehen läßt, steige ich aus.«

Sie sah erschrocken aus. »Du kannst nicht – nicht aussteigen, bevor du sechzehn bist.«

»Dann haue ich eben von zu Hause ab, und du kannst mich nicht aufhalten. Weißt du, wieviele Kids in meinem Alter in den Staaten herumtouren? Ich gehe dorthin, wo du mich nicht finden wirst, und glaub nicht, daß ich keine Kontakte habe; ich hab' sie nämlich. Jeder, den ich kenne, hat sie.«

Was reiner Bluff war, aber das wußte Mutter nicht. Und wie die Dinge heutzutage liegen, konnte sie nicht sicher sein, daß ich es nicht tatsächlich schaffte.

In diesem Moment öffnete sich die Fliegentür, und Barry kam herein.

»Hi«, sagte er. Dann tat er etwas, was mich absolut umwarf. Er ging zu Mutter hinüber und küßte sie, mitten auf den Mund, als hätte er jedes Recht dazu. Mutter verfärbte sich pink, und ihre Augen sahen größer und brauner aus denn je. Das brachte mich in Rage.

»Tu dir nur keinen Zwang an«, sagte ich gehässig.

Er drehte sich um. Barry könnte gut und gern zwanzig Pfund abnehmen, aber eins muß ich ihm zugute halten, einen Bauch hat er nicht, und seine Masse besteht nicht aus Schwabbel. Mit seinem rechteckigen Gesicht, den bläulichen Augen und den hellen Haaren, oder was davon noch übrig ist, sieht er aus wie Otto Saubermann, beinahe so rosig wie Mutter, was ihm allerdings nicht so gut steht wie ihr.

»Deine Mutter hat mir ihr Jawort gegeben, Chuck. Ich bin vorbeigekommen, um dir das zu sagen. Vermutlich war meine Art, das zu tun, ziemlich taktlos.«

Er klang, als ob er sich entschuldigen wollte, was ich ziemlich abstoßend fand. Mir fiel nur ein, daß McLeod auf meine freche Bemerkung etwas beißend Sarkastisches erwidert und mich damit in meine Schranken verwiesen hätte. Beim Gedanken an McLeod fühlte ich mich um kein Haar besser, vor allem, wenn ich mich daran erinnerte, daß ich ihm die Rolle des Bräutigams zugeteilt hatte. Eine Sekunde lang versuchte ich, mir vorzustellen, wie er Mutter küßte. Es gelang mir nicht. Es haute einfach nicht hin. Ich wußte nicht, warum, aber so war es eben.

»Gratuliere«, sagte ich. »Genau, was ich brauche: noch einen Stiefvater.«

Barry faßte mich scharf ins Auge. »Ja, Charles. Das brauchst du wirklich, glaube ich.«

»Chuck!« sagte Mutter. »Bitte sei nett!«

Ich wollte gerade eine weitere Unverschämtheit loslassen, als mir einfiel, worüber wir uns unterhalten hatten, bevor Barry hereinplatzte. »Okay. Alles Gute und so weiter. Aber ich werde nicht an diese New Yorker Schule zurückgehen.«

»Du willst also aufs St. Matthew's College?« fragte Barry, der zum Herd hinüberging und sich Kaffee eingoß.

»Genau.«

»Das ist keine schlechte Schule.«

Ich hatte mich für einen Kampf gewappnet und war daher überrascht.

»Ich dachte, sie hätte einen schrecklichen Ruf«, sagte Mutter. Barry trank ein, zwei Schluck Kaffee. »Sie hat eine schlechte Phase durchgemacht. Aber jetzt ist sie in Ordnung. Und sie hat einen neuen Direktor, der den Lehrplan aufpoliert – Evans heißt er, glaube ich.«

»Das ist der Typ, der mir geschrieben hat.«

Gloria kam herein. Die beiden Querstreifen von gestricktem Nichts, die sie trug, hätten keine Teetasse gefüllt. Ansonsten sah sie aus wie ein aufziehendes Gewitter.

»Hast du keine Angst, du könntest dich in all diesen Kleidern beengt fühlen?« fragte Barry.

»Gloria, geh rauf und zieh dir ein Hemd an oder was«, sagte Mutter. »Du bist so gut wie nackt.«

»Na und? Das ist mein Haus.« Gloria füllte den Kessel mit Wasser und stellte ihn auf den Herd. Dann nahm sie ein Schälchen und schüttelte Cornflakes hinein.

»Bitte, Gloria.«

»Nach dem Frühstück. Vielleicht.«

Mutter sah unglücklich aus.

»Schon das Neueste gehört?« fragte ich voller Neugier, was hinter ihrer finsteren Laune steckte. »Mutter heiratet Barry.«

»Das habe ich gestern schon erfahren.«

»Übertreib dein Entzücken nicht«, sagte Barry liebenswürdig. »Es könnte mir zu Kopfe steigen.«

Gloria aß weiter. Barry ging hinüber und blieb neben ihr stehen. »Schau, ich möchte, daß wir Freunde sind. Das macht es für mich und, was noch wichtiger ist, für deine Mutter viel leichter. Ein bißchen moralische Unterstützung täte ihr gut.«

»Es ist ja nicht das erste Mal.«

»Wenn ich mir dich, Chuck und Meg so anschaue, ist das wohl insgesamt eine gute Sache, findest du nicht?«

Gloria würdigte ihn keines Blickes. Sie schluckte eine weitere Ladung Cornflakes hinunter. »Meg hast du ja schon am Wickel.« Typisch Gloria – wenn sie nicht als erste drankommt, will sie nicht mitspielen.

»Ja, dem Himmel sei Dank«, sagte Barry. »Da ist sie ja. Pünktlich wie die Marine.«

Ich weiß nicht, ob Meg das alles gehört hatte oder nicht. Sie ging zu Mutter hinüber und gab ihr einen Schmatz auf die Backe. Dann ging sie zu Barry. Er beugte sich hinunter, umarmte sie innig mit seinen Bärenpranken und hob sie vom Boden hoch.

»Du hebst dir einen Bruch«, sagte Gloria.

Mutter warf ihr einen raschen Blick zu. »Gloria – das ist gemein!«

Barry stellte Meg wieder hin. »Das wäre es sicher wert. Nach der Hochzeit machen wir eine Diät, Meg.«

Am liebsten hätte ich mich wieder nach oben ins Bett gelegt, um zu schlafen, bis dieses Wattegefühl in meinem Kopf verschwunden war. Richtige Kopfschmerzen hatte ich eigentlich nicht. Ich fühlte mich nur komisch, irgendwie fahrig. Unser Haus war heute offensichtlich nicht der richtige Ort, um in Ruhe zu pennen. Außerdem war ich schärfer darauf denn je, möglichst bald ins St. Matthew's abzudampfen. Und zum ersten Mal sah es so aus, als würde mich jemand dabei unterstützen.

Ich knallte mein Cornflakes-Schälchen und den Teller in die Spüle und ging zur Tür.

»Chuck, wo gehst du hin?«

»Lernen.«

»Wo – wo lernst du denn?«

Ich schwieg kurz, dann hatte ich eine Eingebung. »Droben über der Bucht.« Das Elegante daran war, daß es stimmte. McLeods Klippe lag etwa 60 Meter oberhalb der Bucht. Ich sagte nicht, daß sie auch ein paar Kilometer weiter die Küste hinauf lag.

»Und wo hebst du deine Bücher auf?«

»Da steht eine verlassene Hütte rum.« Auch das stimmte. Ich könnte sogar für Schnüffler ein paar alte Lehrbücher rumliegen lassen.

Barry beobachtete mich, Gloria ebenfalls. Ich konnte spüren, wie mein Gesicht heiß wurde.

»Bis dann«, murmelte ich und ging los.

»Übrigens, Chuck«, sagte Gloria, stand auf und goß heißes Wasser in den Kaffeefilter, »dein räudiges Haustier hat Percy gestern beinahe gebissen. Du weißt, daß wir ihn einschläfern lassen müssen, wenn er mal wirklich zubeißt.«

»Was hat Percy denn mit Moxie gemacht?« fragte ich zornig.

»Er hat nur versucht, ihm ein Waldmurmeltier wegzunehmen – wie jeder humane Mensch.«

»Moxie muß jagen. Niemand füttert ihn hier. Du hast kein Recht dazwischenzufunken, und du kannst deinem krätzigen Freund sagen, er soll seine schmutzigen Finger von ihm lassen, sonst werde ich...«

»Was wirst du – ihm den Buckel runterrutschen? Er spielt bei jeder Mannschaft seines Colleges mit. Er würde *Hackfleisch* aus dir machen, Chuck.«

Ich kochte immer noch vor Wut, als Barry sagte: »Niemand wird Moxie ein Haar krümmen, Chuck. Reg dich bloß nicht auf. Sie hat das nur gesagt, um dich zu reizen. Wann wirst du das endlich lernen?«

Meg war aufgestanden und zur Tür gegangen. »Komm schon, Chuck. Gehen wir.«

Als wir zur Straße hinunterschlenderten, sagte ich schließlich: »Na schön. Sie hat mir eine Falle gestellt, und ich bin reingetappt. Aber wieso macht sie das nur?«

»Spielt das überhaupt eine Rolle?« fragte Meg. »Außerdem weißt du doch, wieso. Sie muß ständig die Nummer Eins sein.«

»Aber warum hat sie immer mich auf dem Kieker?«

»Weil du bequem erreichbar bist. Weil du dich von ihr angreifen läßt. Weil sie eifersüchtig auf dich ist.«

»Eifersüchtig worauf, um Himmels willen? Meinst du, von damals noch, als wir Babys waren?«

»Vielleicht. Ich war damals noch nicht da. Du siehst gut aus, und die Leute mögen dich. Gloria sieht auch gut aus, aber die Leute mögen sie nicht. Sie bemüht sich sehr um Sympathie, aber nach einer Weile ziehen sich alle zurück. Du bist das genaue Gegenteil. Die Leute würden dir gern näherkommen, aber du läßt sie nicht an dich ran. Hast du gestern Hasch geraucht?«

Der abrupte Themenwechsel brachte mich aus dem

Gleichgewicht. »Was geht denn dich das an? Vermutlich gehst du jetzt gleich zu Barry und sagst's ihm.« Das war gemein, und ich wußte es und schämte mich auch gleich darüber. Aber ich fühlte mich so rundum beschissen, daß ich einfach jemanden verletzen mußte.

Meg blieb wie angewurzelt auf der Straße stehen. »Nein, ich werd's Barry nicht erzählen, obwohl ich manchmal glaube, daß ich's tun sollte. Wenn du jetzt drogensüchtig wirst, tue ich dir wohl nicht viel Gutes, wenn ich niemandem etwas davon erzähle. Aber es liegt mir nicht mehr so viel an dir wie früher, weil du nicht mehr mein Freund bist. Du hast wohl jetzt McLeod als Freund. Ich begreife nur nicht, warum du nicht mit uns *beiden* befreundet sein kannst. Aber du brauchst dir keine Mühe mehr zu geben, weil's mir jetzt wurscht ist.«

»Megsy!«

»Laß mich. Ich bin *froh*, daß Barry Mutter heiratet. Du findest mich im Moment nur lästig, aber er *mag* mich.« Sie entzog mir ihren Arm und rannte über die Straße zum Strand.

Joey hatte sich mal sein Horoskop stellen lassen und war wirklich angetan, weil der Swami oder Wahrsager ihm sagte, er hätte eine große politische Karriere vor sich, nur müsse er vielleicht ins Gefängnis. Aber Joey meinte, das ginge wohl heute oft Hand in Hand, und vielleicht sollte er Jura studieren, um sich auf die Politik vorzubereiten.

Ich sagte, Jura wäre vielleicht auch nützlich, wenn er mal im Knast sitzt, und er stimmte mir zu.

Aber worauf ich hinaus will: Ich hab' die ganze Astro-Szene immer nur als großen Quatsch abgetan, aber ich fragte mich allmählich, ob nicht mein Mond oder Planet oder was auch immer in den letzten beiden Tagen an einer ungünstigen Stelle stand, weil aber auch gar nichts hinhaute.

Wie mich McLeod hatte abfahren lassen, machte mir

immer noch schwer zu schaffen, und ich dachte gerade daran, als mir plötzlich die andere Sache einfiel, die mich quälte: Ich hatte ihn verraten und verkauft.

Ich blieb stehen. Ich hatte Pete erzählt, daß er sich besoffen ans Steuer gesetzt und einen Jungen auf dem Gewissen hat. Jetzt wünschte ich bei Gott, ich hätte das Maul gehalten. Wenn ich dachte, was sie mit dieser Information anstellen könnten – und wie Mutter unvermeidlich zu Ohren kommen müßte, was ich den ganzen Tag trieb –, brach mir der kalte Schweiß aus. Ich hatte geplaudert, weil ich eine Stinkwut hatte, und – dieser Gedanke war mir äußerst unangenehm – weil ich mich damit bei Pete und den anderen wieder einschmeicheln wollte. So ein fieser Verräter war ich!

Ich setzte mich wieder in Marsch. Den restlichen Weg versuchte ich, mir einzureden, daß sein Verhalten mir gegenüber meinen Verrat rechtfertigte. Doch das war nicht sehr überzeugend. Ich fühlte mich immer noch wie ein dreckiger Denunziant. Wenn sich die ganze Familiensituation nicht verschlimmert statt verbessert hätte, weil Barry zur Truppe stieß und damit noch einer in unserer Wohnung herumwuselte, wäre ich vielleicht umgekehrt. Aber es war nun mal so, und ich ging weiter.

8

Als ich ins Arbeitszimmer trat, stand McLeod neben dem Kamin und starrte in das, was wahrscheinlich die Asche vom Vorabend war. Es klingt verrückt, aber hier oben ist sogar Anfang August ein Kaminfeuer sehr angenehm.

»Tut mir leid, daß ich zu spät komme«, murmelte ich und rutschte auf meinen Platz am Tisch.

»Ich möchte mit dir reden«, sagte McLeod unvermittelt. Mir wurde ganz schlecht – hatte er vielleicht schon gehört, daß ich geplaudert hatte?

»Ja?« Und ohne viel Überzeugung hängte ich an: »Sir.«

Aber es war nicht, wie ich befürchtet hatte. Es war irgendwie noch schlimmer. Wie es seine Art ist, kam er direkt zur Sache. »Es tut mir leid, was... was gestern passiert ist. Ich habe dich beschuldigt, immer wegzulaufen. Nun, genau das habe ich auch getan. Nur bin ich nicht weggelaufen, sondern habe eine Mauer um mich gebaut. Für einen Schriftsteller ist das leicht: Ich kann leicht hier oben mein Geld verdienen, ich kann leicht allein bleiben und mir die Leute vom Leib halten.«

Halsstarriger Stolz ließ mich sagen: »Es hat mir nichts ausgemacht.«

Da schaute er mich an. »Wirklich nicht, Charles? Warum bist du dann so plötzlich verschwunden?«

Darauf konnte ich nichts antworten. Oder vielmehr wollte ich nichts antworten, und eine ganze Weile sagte keiner von uns beiden ein Wort.

»Nun?«

Nichts.

»Wenn du mich davon überzeugen kannst, daß du wegen meiner Reaktion weder wütend noch verletzt bist, höre ich auf.« Das war eine ausgestreckte Hand, aber ich erlaubte mir nicht, sie zu ergreifen. Wie hätte ich das tun können, nachdem ich ihn verraten hatte?

»Warum vergessen wir's nicht einfach?«

»Ist das dein Wunsch?«

»Ja.«

»In Ordnung. Dann zurück zu Vergil.«

Aber es war nicht in Ordnung. Als wir im Schneckentempo das ganze öde Ding über Karthago durchfieselten, schwebte, was ich Pete gesagt hatte, wie ein Gespenst über mir und wurde immer größer. Ich konnte mich nicht mehr an Worte erinnern, die ich vorher einwandfrei parat gehabt hatte. Ganze Teile, die wir bereits einmal durchgegangen waren, hätten genausogut unbekannt sein können. Schließlich legte McLeod sein Buch hin.

»Was ist los mit dir? Du übersetzt, als hättest du den Text nie gesehen. Wir haben ihn vor ein paar Tagen schon einmal gemacht.« Das seltsame fahrige Gefühl war wieder da. Hasch hatte auf keinen der anderen Jungs eine solche Wirkung – jedenfalls nicht, soweit ich wußte. Doch dann erinnerte ich mich, in der Schule gehört oder in einem dieser doofen Infoblätter gelesen zu haben, die sie immer verteilen, daß manche Leute einfach kein Haschisch vertragen, wie andere keinen Alkohol vertragen. Da fiel mir mein Vater wieder ein. Warum, weiß ich nicht. Dann erinnerte ich mich an den Traum, den ich in der Bucht gehabt hatte.

»Charles!«

McLeods Stimme knallte wie eine Peitsche. Plötzlich baute er sich vor mir auf. »Was hast du gestern gemacht?« fragte er. »Nachdem du hier weggegangen bist?«

Auch Mutter hatte diese Frage gestellt, aber das war nicht dasselbe. Außerdem hatte ich ihr den Rücken gekehrt und war hierher gekommen. Jetzt gab es keinen Ort mehr, wohin ich hätte gehen können, und wenn es einen gegeben hätte, wäre ich nicht so sicher gewesen, daß ich mich hätte aufrappeln und hingehen können, oder daß ich überhaupt hätte hingehen wollen...

»Ich war in der Bucht, wo meine Clique rumhängt.«

»Und?«

»Wir haben gekifft.« Jetzt hatte ich also auch noch Pete und die anderen verpfiffen. Aber ich hatte kein solches Gefühl von Verrat wie bei dem, was ich über McLeod ausgeplaudert hatte. Ich wartete, daß er loslegte.

Aber es kam nichts. Wenigstens nicht sofort. Dann sagte er müde: »Ach du liebe Zeit«, und ging zum Fenster hinüber.

»Wenn Ihre Generation trinkt, was ist dann so schlimm daran, wenn meine Generation kifft? Haben Sie heimlich Bier getrunken, als Sie in der Schule waren?«

»Doch.«

»Was soll dann das ganze Getöse?«

»Wie fühlst du dich?«

»Prima. Was hat das damit zu tun?«

»Weil du dich nicht besonders gut konzentrieren kannst – wie du weißt.«

»Na und? Hatten Sie nie einen Kater?«

»Ich dachte, von Marihuana bekommt man keinen.«

»Ich habe keinen Kater. Hören Sie mal, Mc... Mr. McLeod. Was ich tue, wenn ich nicht hier bin, ist meine Sache.«

Im selben Moment, als ich das sagte, wußte ich, daß es ein Fehler war. Es war für ihn der perfekte Einstieg, um mich daran zu erinnern, daß meine Anwesenheit meine Idee war, nicht seine. Ich hielt den Atem an.

»Das ist richtig. Aber weil der Versuch, dich in diesem Zustand zu unterrichten, genauso erfolgreich ist, wie einer Steppdecke einen Glockenton zu entlocken, wüßte ich es sehr zu schätzen, wenn du darauf verzichtest, solange ich dir Nachhilfe gebe. Das heißt, falls du diese Prüfung bestehen und nicht meine und deine Zeit verschwenden willst.«

Das klang mehr wie der alte McLeod. Aber es war so viel zahmer, als ich erwartet hatte, daß ich mich fast enttäuscht fühlte. Außerdem hatte ich ohnehin nicht die Absicht, noch einmal Haschisch zu rauchen.

Er kam zum Tisch hinüber und klappte das Buch zu. »Du kannst dir heute genausogut frei nehmen. Du tust sowieso nichts. Komm wieder, wenn du dich besser fühlst.«

Ich ging am nächsten Tag wieder hin. Ich war immer noch nicht in meiner alten Form, aber nicht mehr so benebelt wie am Tag vorher. Daß ich mich gründlich ausgeschlafen hatte, hatte viel geholfen. Die Tage vergingen, und ich arbeitete hart, noch härter als vorher. Nach einer Weile merkte ich, daß ich versuchte, wieder auf demselben Fuß mit ihm zu verkehren wie vorher, bevor ich in einem Anfall von Mitleid diese blöde Geste gemacht hatte. Ich hatte das Gefühl, dieser Vormittag läge schon ein Jahr zurück, aber es war nur eine Woche. Ich dachte viel darüber nach, immer, wenn ich nicht am Lernen war. Ich begriff es immer noch nicht. Ich begriff McLeod nicht. Ich begriff nicht einmal mich selbst. Aber ich sah, was er mit der Mauer meinte, denn er hatte sich wieder dahinter verschanzt.

Im Hintergrund bekam ich vage mit, wie Mutter und Barry sozusagen von einer Party zur anderen gereicht wurden. Barry, der gerade Urlaub von seiner Anwaltskanzlei hatte, wohnte offiziell bei Freunden unten an der Strandstraße, doch jedesmal, wenn ich zu Hause war, war er da, und immer ging es um Hochzeitstermine, Wohnungssuche, und, wie Gloria es einmal bissig ausdrückte, haarsträubende kitschige Dinge. Ich nahm ein paar – wenn auch nicht sehr angestrengte – Anläufe, mit Meg zu reden, aber weil sie ihre üblichen Besuche im Morgengrauen eingestellt hatte und ich tagsüber nicht zu Hause war, hatte ich nicht viel Gelegenheit dazu. Ich stand früh auf, ging den weiten Weg zu McLeod und wieder zurück und arbeitete dazwischen sechs Stunden lang; es fehlte oft nicht viel, daß ich beim Abendessen mit dem Kopf auf dem Tisch einschlief. Zum Glück schwebte Mutter zu sehr auf rosa Wolken, um mir weitere penetrante Fragen über meinen Verbleib und meine Beschäftigung zu stellen. Auch unternahmen sie große Anstrengungen, um Glorias Gunst zu gewinnen, die einzige, die sich vom allgemeinen Freudentaumel ausschloß. Sie nahmen Gloria und den unvergleichlichen Percy zu allem mit, woran sie das leiseste Interesse bekundeten – zu Tanzpartys, allem, was hier im Sommer so läuft, zu ein paar Musikfestivals mit ganztägigem Picknick, wo man unter Bäumen Beethoven hört. Gar nicht so dumm, meine Schwester Gloria. Ihr Widerstand schmolz, aber nicht rasch genug, daß Mutters und Barrys Wunsch und eifrige Bemühungen, Gloria zu gefallen, erlahmten. Ich konnte die Fortschritte beim Abendessen beobachten. Anstatt der üblichen verdrossenen Miene beglückte sie Barry mit einem sanften Lächeln und einem schrägen Blick. Ob er sich davon täuschen ließ, bezweifelte ich. Doch Mutter war glücklich, und das war für ihn das einzig Wichtige, wie ich widerstrebend zugeben muß. Schließlich kam ich auch zu dem Schluß, daß er nicht so dumm war, wie ich immer angenommen hatte. Auf seine Art spielte er Glorias Spiel genauso gerissen wie sie, was in seinem Fall hieß, daß er so ungerührt dasaß wie ein Baumstumpf, während sie affektiert herumtänzelte und die Sirene herauskehrte, so daß Gloria nicht wußte, ob sie bei ihm vorankam – woraufhin sie dann (natürlich) sofort ihre Versuche, ihm zu gefallen, eingestellt hätte. Aber gleichzeitig bot er ihr haufenweise Unternehmungen an, so daß sie nicht sauer werden konnte, weil sie keinen Treffer gelandet hatte.

Wenn Gloria nicht da war, taute Barrys eisige Miene auf. Meg wußte vermutlich, welches Spiel er spielte und warum, denn wenn Gloria nicht da war, alberte und scherzte er mit ihr, daß sie wie eine kleine Sonnenblume strahlte. Sie war sogar so glücklich, daß sie begann, weniger zu essen und weniger wie eine Tonne auszusehen. Nicht daß meine eigenen Beobachtungen so weit gereicht hätten. Aber sowohl Mutter wie Barry machten Bemerkungen darüber, und Meg lebte noch mehr auf.

Niemand achtete viel auf mich. Ich glaube, Barry hatte Mutter überzeugt, daß es keine Katastrophe wäre, wenn ich aufs St. Matthew's ginge. Denn sie ließ mich in Ruhe, außer, daß sie einmal sagte: »Ich glaube, du bewegst dich nicht genug, Chuck.« Merkwürdigerweise sagte McLeod eines Tages genau dasselbe. Ich befand mich dieser Tage in einer Art Niemandsland. Nach dem, was unten in der Bucht passiert war, hatte ich keine Lust mehr, dorthin zu gehen. Schon beim bloßen Gedanken an Pete stiegen in mir Schuldgefühle hoch. Andererseits schien auch McLeods Tür für mich nicht mehr so offen zu stehen wie früher, als ich bis nach fünf oben bei ihm geblieben war. Manchmal hatte ich das Gefühl, er würde die Tür hinter mir zuschlagen. Andere Male war ich es, der die Tür zuschlug, doch ich war nicht glücklich dabei. Ich wollte sein Freund sein, aber jedesmal, wenn ich irgendwie versuchte, wieder zu ihm durchzudringen, scheute ich innerlich davor zurück, wie Richard vor einer Hürde. Ich konnte mir das nicht so recht erklären, weil ich diese Erfahrung noch nie gemacht hatte. Ich war immer ein Einzelgänger gewesen. Mutter – und alle fünf Schulpsychologen – haben mir das bis zum Erbrechen vorgehalten. Bis jetzt hatte ich es immer gut gefunden. Ich bewahrte mir damit meine Unabhängigkeit. Jetzt konnte ich nur noch an eins denken: daß ich McLeod verraten hatte. Ich fühlte mich mieser denn je. Ganz von selbst entstand so eine Mauer um mich herum, die immer höher wurde. Und je höher sie wurde, desto weniger konnte ich etwas dagegen tun, und – ein prächtiger Beweis für meine Logik – desto mehr ärgerte ich mich über McLeod. Dann sagte er eines Tages, als ich besonders schwer von Begriff war: »Ich glaube, du brauchst mehr Bewegung.«

»Ich bewege mich genug.«

»In welcher Form?«

»Schon mal, wenn ich hier raufklettere und wieder runter.«

»Für einen Jungen deines Alters – noch dazu einen Sportlertyp – ist das lächerlich. Wen willst du hier eigentlich veräppeln?« Er machte eine Pause. »Wie wär's mit einer Runde Schwimmen?«

»Es ist zu kalt.«

»Ich wußte nicht, daß du eine so schlechte Kondition hast.«

Auf der Uhr am Kaminsims konnte ich sehen, daß es zwanzig nach elf war. »Ist es jetzt nicht Zeit für Ihren Ritt?«

»Das kann warten.«

Er schaute mich an, und ich versuchte, in seinem Gesicht zu lesen. Es war eindeutig nicht die Wärme darin, die ich einst gesehen hatte. Manchmal dachte ich, ich würde fast alles darum geben, sie wieder zu sehen, aber im selben Moment, wenn ich das dachte, überkam mich eine Woge quälender Schuldgefühle. Dann fühlte ich mich wie ein Auto mit abgewürgtem Motor.

»So kommen wir nicht weiter.« Er stand auf und verließ das Zimmer. Ich wartete erleichtert auf das Geräusch von Richards Hufen. Doch nach ein paar Minuten kam McLeod mit einem Rucksack in der Hand zurück.

»Komm.«

»Wohin?«

»Frag nicht soviel. Komm einfach.« In seiner üblichen selbstherrlichen Art erteilte er seine Befehle, und es war leichter, ihm zu gehorchen, als lange herumzudiskutieren. Außerdem war ich nicht sehr kampfeslustig.

Zu meiner Überraschung führte er mich draußen über den Weg zu seinem Auto. »Steig ein.«

»Wohin?«

»Steig einfach ein.«

Mir kam flüchtig der Gedanke, daß mich jemand mit ihm sehen könnte. Aber auch das schien jetzt unwichtig. Beim Tor bogen wir nicht nach links zur Hauptstraße ab, sondern nach rechts auf die zu den Klippen hin ansteigende Straße, die immer schmaler und holpriger wurde. Aber die Aussicht von dort oben war wirklich spektakulär. Ich hatte das nie gesehen.

»Wow«, sagte ich. Das Meer war so blau, daß es fast grün wirkte. Kein Haus, keine Menschenseele war zu sehen. Nur dunkelgrüne felsige Hügel links und vor uns, und rechts der Saum der Klippen und das Meer.

»Okay. Raus mit dir.«

Ich stieg aus. »Wo gehen wir hin?«

Er ging um das Auto herum. »Wir werden ›Folg dem Führer‹ spielen. Ich bin der Führer. Du folgst.«

»Aye, Aye, Sir«, murmelte ich. Für wen hielt er sich eigentlich – für einen Pfadfinderhäuptling? Aber Mann, war der beweglich! Wir gingen direkt auf den Rand der Klippe zu, und dann machte er zu meinem Entsetzen einen Schritt ins Nichts, wie es schien. Er drehte sich um, sah mein Gesicht und lachte. »Keine Angst. Hier gibt's einen Weg.«

Es gab tatsächlich einen: einen Felsenpfad, der sich langsam nach unten wand, wo die Klippen sich ausnahmsweise nach außen wölbten, anstatt überzuhängen. Der Pfad folgte zum Teil natürlichen Felsvorsprüngen, zum Teil war er wohl aus dem Felsen herausgehauen worden.

»Bist du schwindelfrei?« fragte McLeod.

»Ja.«

Er begann den Abstieg. Ich folgte ihm.

Ich sagte: »Sieht so aus, als ob Sie klettern.«

»Ja.«

»Wo sind Sie denn schon geklettert?«

»Tetons, Rockies, Alpen, Dolomiten.«

»Was ist mit dem Mount Everest?«

»Zu viele Leute dort.«

Ein paar Minuten später standen wir unten, auf großen, flachen Felsen.

»Hier.« McLeod zog Handtücher und Badehosen aus seinem Rucksack. »Zieh das mal an.«

Die Hose paßte, sah aber altmodisch aus. »Wo sind denn die her, von der Arche Noah?«

»Das könnte man wohl vermuten. Das war meine, als ich so alt war wie du.«

Er hatte seine Badehose unter seiner Jeans angezogen, daher brauchte er nur aus der Hose zu steigen und seinen Pulli über den Kopf zu ziehen. Vermutlich war er oft mit Richard hierhergeritten, weil er viel brauner war als ich. Doch an der einen Körperseite zogen sich Verbrennungsnarben entlang; manche waren rot, manche blasser, und die Haut glänzte. Wie sein Gesicht war die andere Seite wohlgeformt – sehr dünn, abgesehen von den harten Muskeln an den Schultern, Armen und Oberschenkeln.

»Spring rein, Charles. Das sieht aus wie ein Kinderspiel, ist's aber nicht. Unter Wasser ist eine Strömung. Ich mach' mal den Anfang.« Damit ging er zum Rand des Felsens und machte einen Kopfsprung ins Wasser. Ungefähr zehn Meter weiter weg tauchte er wieder auf. »Worauf wartest du denn?«

Ich ging zum Rand und sprang hinein. Der bewußte Tag in der Bucht lag ungefähr zwei Wochen zurück, und hier, auf der anderen Seite der Landspitze, war das Wasser kälter. Der Schock lähmte mich fast. Mehr instinktiv als sonstwie kam ich wieder hoch.

McLeod war wieder bis zu mir zurückgeschwommen. »Okay. Jetzt schwimm. Geradeaus, Richtung offenes Meer.«

Ich zögerte nicht lange – nicht bei dieser Kälte. Ich warf mich nach vorn. Meine Betäubung ließ nach, und plötzlich fühlte ich mich viel besser. Ich holte gewaltig Luft und pflügte durchs Wasser. So war ich schon lange nicht mehr geschwommen, weil wir in der Bucht, am Pier und am Strand meist nur herumblödeln. Ich schwamm, bis mir die Kraft ausging, McLeod immer auf gleicher Höhe, ungefähr zwei Meter neben mir. Dann begann ich zu spielen. Ich drehte mich herum und tauchte kopfüber ins Wasser, kam wieder hoch, wirbelte wieder herum und legte mich auf den Rücken, strampelte mit den Füßen und versuchte dann, rückwärts zu tauchen. Als ich wieder nach oben schwamm, sah ich McLeod über mir im Wasser, rammte ihn leicht in den Bauch und schoß davon; lachend tauchte ich wieder auf. Ich fühlte mich wunderbar. Er drehte sich um, schüttelte sich das Wasser aus den Haaren und setzte mir nach. Ich wußte, daß ich ihm nicht davonschwimmen konnte, deshalb tauchte ich wieder ab und schwamm unter Wasser weiter; ich blickte mich um, wo er war, kam wieder hoch, schlug einen Haken, tauchte wieder und rammte ihn noch einmal in die Rippen.

Ich vergaß, daß er ein Erwachsener war, ein Lehrer, und 47 Jahre alt. Ich vergaß sogar, was ich ihm angetan hatte. Ich vergaß alles außer dem Wasser, und daß ich darin war und herumjagte und gejagt wurde, weit weg vom Ufer, niemand sonst war da, und nichts regte sich außer uns. Es war wie Fliegen. Ich bin frei, dachte ich plötzlich. Und der Gedanke war so toll, daß ich McLeod auf dem Weg nach oben noch einmal stupste. Wir schwammen wieder ein Stück, diesmal parallel zur Küste, alberten noch ein bißchen herum und schwammen dorthin zurück, wo wir zuerst herumgejagt waren.

»Okay. Jetzt zurück zum Ufer«, sagte er und wandte sich dem Festland zu. Ich drehte auch um, und wir schwammen zusammen, obwohl er ungefähr nur einen Zug machte, wo ich drei brauchte. Wenn ich nicht gesehen hätte, wie weit ein Zug ihn trug, hätte ich gedacht, er plätschert nur so spielerisch dahin.

Als ich mich am Felsen hochzog, merkte ich, daß ich müde anstatt nur entspannt gewesen wäre, wenn wir noch länger im Wasser geblieben wären. Die Sonne war heiß, und wir lagen auf den Handtüchern auf einem großen, flachen Felsen oberhalb unseres Absprungfelsens.

Das Gefühl glücklicher Euphorie hätte jetzt in ein Gefühl glücklicher Schläfrigkeit übergehen sollen, aber obwohl ich körperlich entspannt war, gelang das nicht. Es war, als hätte ich dieses Gefühl der Freiheit verloren, sobald ich aus dem Wasser stieg. Jammerschade, dachte ich, wirklich jammerschade. Doch wieder lastete dieses schreckliche Gewicht auf mir.

Und dann streckte McLeod, der neben mir lag, seine Hand aus und umfaßte meinen Arm, genau wie ich es vor zwei Wochen bei ihm getan hatte.

»Okay, Charles. Egal, was es ist – spuck's aus. Ich will mich nicht in deine Angelegenheiten mischen. Aber du kannst es nicht länger mit dir herumschleppen. Und ich glaube, ich kann nicht länger zuschauen. Es macht dich krank.«

Ich dachte daran, aufzustehen und zu gehen, aber da war seine Hand und hielt mich fest. Ich konnte mir vorstellen, daß sie sich zurückziehen würde, wenn er erführe, was ich getan hatte. Ich dachte an das Wasser und den Nachmittag.

Sein Griff wurde fester. »Komm schon, mein Sohn.«

Vielleicht brach das ›Sohn‹ das Eis, obwohl ich es früher nie mochte, wenn jemand ›Sohn‹ zu mir sagte.

»Ich habe Sie verraten. Ich habe an dem Tag, als wir alle Hasch rauchten, Pete erzählt, wie Sie sich Ihre Narben geholt haben, daß Sie betrunken gewesen sind und den Jungen bei sich hatten. Es lag gar nicht daran, daß ich bekifft war – das war ich erst später, ein wirklicher Horrortrip, aber zuerst noch nicht. Ich wollte nur – ich war sauer auf Sie. Sie haben mir das Gefühl gegeben, ich wäre zudringlich geworden. Und die Jungs hatten einen Haß auf mich, weil ich streberte; sie wußten, daß ich hierherkomme, weil mich Pete einmal gesehen hat. Daher fragte er mich, wo

Sie die Narben herhaben. Da hab' ich's ihnen gesagt. Es tut mir leid, McLeod. Ich komme mir vor wie ein absolutes Schwein. Wie der letzte Dreck.«

Am liebsten hätte ich wie ein Baby geheult. Aber das konnte ich natürlich nicht bringen, deshalb legte ich meinen anderen Arm über meine Augen, als ob mich die Sonne blendete. Seltsamerweise hatte er seine Hand nicht zurückgezogen. Ich wartete, ob er es in einer verzögerten Reaktion tun würde, aber er tat es nicht.

»Daran bin ich genauso schuld wie du. Ich wußte, daß ich dich … dich verletzt hatte, deshalb versuchte ich, mit dir darüber zu reden. Ich hätte dich zwingen sollen, mich anzuhören. Dann hättest du diese Last nicht mit dir herumgeschleppt.«

Aber die Last war weggerollt. »Dann sind wir immer noch Freunde?«

»Ja, Charles. Immer noch Freunde.«

Dieses tolle Gefühl, das ich im Wasser gehabt hatte, wohl eine Art High, kam wieder zurück. Die Sonne brannte heiß auf meiner Haut. Die Luft roch nach Salz und Kiefern und Gras – dem echten! – und Heu. Ich fühlte mich sauwohl. Ich bewegte den Arm, den er festhielt, und er ließ sofort los, aber ich wollte nur meine Hand in seine legen. Ich spürte, wie sich seine Finger um meine schlossen.

Nach einer Weile sagte er: »Erzähl mir von diesem Horrortrip.«

Also erzählte ich ihm davon und dann von dem Traum. Bis jetzt hatte ich eigentlich nicht viel darüber nachgedacht. Aber als ich fertig war, sagte ich: »Das bedeutet vermutlich, daß ich mir wünsche, Sie wären mein Vater.«

»Das wünsche ich mir auch.«

»Hatten Sie jemals einen Sohn?«

»Nein.«

Meine Gedanken schweiften ab. Dann sagte ich: »Meg

hat mich gefragt, ob ich glaube, daß Sie sich dafür interessieren könnten, Mutter zu heiraten.«

Er unterdrückte ein Auflachen. »Deine Mutter legt vielleicht keinen großen Wert auf ein solches Arrangement.«

»Vielleicht nicht. Aber wenn ich an den Strubbel und an Megs Vater denke, kann ich mir vorstellen, daß sie begeistert wäre.«

»Erinnerst du dich an deinen eigenen Vater?«

»Wenig.« Dann sagte ich unvermittelt: »Ich habe das merkwürdige Gefühl, daß etwas mit ihm nicht stimmte. Etwas, was die anderen wissen, aber ich nicht.« Ich erzählte ihm von der Szene mit Gloria am Strand vor drei Jahren. »Aber ich kann aus niemand was rauskriegen.«

»Dann versuch's auch nicht. Und wenn du eines Tages darüber stolperst, dann nimm's dir nicht so zu Herzen. Wir sind alle fehlbar. Wie ich. Wie du.«

Ich konnte mir vorstellen, was alle Jungs, die ich kannte, sogar Joey, über meine Gefühle gegenüber McLeod sagen würden. Aber hier, als ich neben ihm auf dem Felsen lag, war mir das gleichgültig. Alles war mir gleichgültig. Alles andere, alle anderen schienen weit weg und unwichtig.

»Ich mag Sie sehr gern«, sagte ich.

In seiner Hand oder in meiner, ich konnte es nicht unterscheiden, pochte etwas. Ich wollte ihn berühren. Ich streckte den Arm, den ich über meine Augen gelegt hatte, aus und berührte ihn an der Seite. Seine heiße Haut spannte über den Rippen. Da wußte ich, daß ich nie in meinem Leben Nähe zu jemandem gespürt habe, nicht solche Nähe. Und ich wollte ihm noch näher kommen.

Aber in diesem Augenblick setzte sich McLeod auf, dann stand er auf. Eine Minute lang stand er mit abgewandtem Blick da. Dann sprang er auf den tiefer liegenden Felsen hinunter. Einen Moment später war er da, angezogen. Er lächelte auf mich hinunter. »Aufstehen! Vielleicht hast du keine Lust, aber wenn du länger da liegst, wirst du dich erkälten.«

»So ein Blödsinn.«

»Vielleicht. Hast du vergessen, daß du noch drei Stunden Lernerei vor dir hast? Ganz zu schweigen davon, daß du was essen mußt?«

»Könnten wir den Tag nicht frei nehmen?« fragte ich so einnehmend ich konnte.

»Aber ganz gewiß nicht. Zieh dich an. Du wirst schon aufwachen, wenn wir wieder hinaufklettern. Ich gehe voran. Aufwärts ist es leichter als abwärts.«

Als das Auto das Sträßchen hinunterholperte, wobei McLeod das Steuer herumriß, um die schlimmsten Schlaglöcher zu vermeiden, und leise vor sich hinfluchte, wenn wir doch in eins fuhren, platzte ich plötzlich mit etwas heraus, das mich beschäftigt hatte: »McLeod…«

»Ja? Du kannst übrigens Du und Justin sagen.«

Ich war erfreut. »Gern.«

»Was wolltest du denn fragen?«

Ich stieß hervor: »Glaubst du, daß ich schwul bin?«

»Nein, ich glaube nicht, daß du schwul bist.« Er schaute zu mir herunter. »Wegen heute nachmittag?«

»Ja.«

»Nein. Jeder wünscht sich und braucht Zuneigung, und du kriegst nicht viel davon. Auch bist du ein Junge, der dringend einen Vater braucht.«

Das hatte Barry auch gesagt. Aber ich erzählte McLeod nichts von Barry und Mutter. Ich wollte überhaupt nicht an zu Hause denken. Ich hatte das Gefühl, ich sei in einer Art goldenem Kokon eingesponnen, und wollte nicht heraus.

9

Einen Monat lebte ich in diesem goldenen Kokon. Natürlich wußte ich nicht, daß es nur einen Monat dauern würde, oder vielleicht ahnte ich es. Doch immer, wenn der Gedanke auftauchte, daß es vielleicht einmal zu Ende gehen könnte, stieß ich ihn weg, und allmählich gelangte ich zu der Überzeugung, daß es immer so weitergehen würde.

Ich vergaß alles andere – die Familie, die Clique, die Bucht, New York, sogar das St. Matthew's und die bevorstehende Prüfung, den Grund, warum ich überhaupt hier war. Und die Schicksalsmächte, die sich früher verschworen hatten, mir alles zu vermasseln, überlegten es sich jetzt anders und machten mir alles einfach. Zum einen war die Familie einen großen Teil der Zeit überhaupt nicht zugegen. Mutter und Barry verbrachten den Rest von Barrys Urlaub in New York auf der Suche nach einer anderen Wohnung. Glorias Vater kam aus seiner Denkfabrik an der Küste zurück und lud sie ein, mit ihm und seiner Frau ein paar Wochen nach Mexiko zu fahren. Gloria war nicht so ekstatisch, wie man meinen würde. Denn zum einen stand die Ankunft von Sue Robinson bevor, die vielleicht die Zeit gut nutzen würde, um sich den unvergleichlichen Percy wieder zu krallen. Zum anderen hatte Glorias Vater nach einem Geschmackswandel eine englische Lady der Tweed-Sorte geheiratet, die zwar rein theoretisch moderne Ansichten hatte, doch die schlechte Gewohnheit besaß, bei Fragen der persönlichen Freiheit in altmodische Disziplin zu verfallen – vor allem, wenn es um Glorias persönliche Freiheit ging, wie sie sich beklagte. Aber Mexiko ist Mexiko. Daher fuhr Gloria mit. Da alle weg waren, fuhr Meg für ein paar Wochen in ein Ferienlager weiter unten an der Küste, und ich wurde offiziell bei den Lansings untergebracht, was mich weiter nicht ins Schwitzen brachte, weil sie von ihren Kindern erfolgreich erzogen worden waren und nie fragten, wo ich war oder hingehen wollte.

Tatsächlich verbrachte ich die meisten Nächte zu Hause wegen Moxie, was super war. Ich ließ ihn im ganzen Haus herumstromern, das an manchen Stellen wie er zu riechen begann. Vermutlich rechnete ich damit, daß meine Mutter zu hoch in ihrem Brauthimmel schwebte, um sich daran zu stoßen. Ich weiß nicht, was ich überhaupt dachte. Eine Art glückliche Verblödung schien von mir Besitz zu ergreifen.

McLeod sagte zu mir eines Tages, als ich im Wasser herumtollte: »Ich weiß nicht, ob ich wegen deiner Veränderung geschmeichelt oder frustriert sein soll.«

»Welche Veränderung?«

»Du wirst stündlich jünger.«

»Hält man das nicht im allgemeinen für eine gute Sache?«

Er grinste. »Wenn du schon mit vierzehn damit anfängst, hast du nicht viel Spielraum.«

Wir gingen fast jeden Tag zum Schwimmen, weil zu allem Überfluß auch noch das Wetter herrlich mitspielte.

»Ich fühle mich frei«, sagte ich, während ich auf dem Rücken im Wasser lag und mit den Füßen paddelte.

»Was du immer sein wolltest. Hast du dir jemals überlegt, daß das Wort ›frei‹ an sich überhaupt nichts bedeutet?«

»Wie das?«

»Frei, was zu tun? Frei wovon?«

Eine der Antworten war einfach, und ich hatte sie bereits gegeben: Frei, zu tun und zu lassen, was ich wollte. Bei der anderen mußte ich etwas nachdenken. In diesem Wasser konnte man nicht lange faul herumplätschern. Ich machte ein paar langsame Schwimmzüge und dachte darüber nach. Freiheit wovon?

Daß mir dauernd einer auf die Füße steigt.

Von Mutter.

Von Gloria.

Von zu Hause.

Ich sagte das McLeod.

»Ich weiß, daß sie dir auf die Nerven gehen. Wahrscheinlich gehst du ihnen genauso auf die Nerven. Aber liebst du sie denn kein bißchen?«

Dieses Wort. »Ich mag das Wort ›Liebe‹ nicht«, sagte ich.

»Es ist entwertet worden, abgenutzt. Aber es ist immer noch ein gutes Wort. Warum magst du es nicht?«

Ich hörte auf zu schwimmen und trat mit den Füßen auf der Stelle. Das Ufer schien weit weg zu sein, eine grüne Wellenlinie zwischen zwei blauen Flächen. »Ich weiß nicht. Ich konnte noch nie was damit anfangen, soweit ich zurückdenken kann.« Ich versuchte, mich an meine früheste Kindheit zu erinnern. Ich tappte nur im dunkeln. Doch dieses Dunkel war getränkt von einem unangenehmen Gefühl. »Es hat irgendeinen Grund«, sagte ich. »Ich kann mich nicht genau erinnern.«

»Aber hat es mit deiner Abneigung gegen das Wort ›Liebe‹ zu tun?« Ich wollte nicken. Mein Kopf geriet ein bißchen unter Wasser, und ich schluckte ein paar Mundvoll. Dann spürte ich, wie eine viel kältere Strömung meine Füße zu packen und daran zu ziehen schien. Das versetzte mich in solche Panik, daß mir schwarz vor Augen wurde. Ich kam nicht mehr nach oben. Ich strampelte, so heftig ich konnte, und schaffte es endlich. Als ich auftauchte, dachte ich, daß ich wohl kurz das Bewußtsein verloren haben mußte und meilenweit ins offene Meer hinausgespült worden war, denn das Ufer war nirgends in Sicht. Die Angst in mir verdichtete sich zu einer Eisenkugel. Die Kälte der Strömung schien von unten in meinen Körper hinaufzuschießen. Dann muß ich mich wohl umgedreht haben, denn das Ufer war wieder da. Aber eins stimmte: Ich war weiter draußen.

»Justin«, schrie ich.

»Hier bin ich.« Er war hinter mir. »Komm, Charles, wir schwimmen an Land, langsam und ohne Verkrampfung.«

»Mich zieht's hinaus.«

»Das ist die Strömung. Wenn du jetzt anfängst zu schwimmen, ist alles in Ordnung. Die Strömung reicht nicht bis zur Oberfläche, leg dich also flach. Schwimm.«

Seine Stimme konnte meine Angst genügend beschwichtigen, daß ich ausprobieren konnte, was er mir riet. Aber es genügte nicht. »Ich kann nicht. Ich werd' weggezogen.«

»Du kannst. Jetzt tu, was ich gesagt habe. Sofort!«

Das war wieder so ein autoritärer Peitschenhieb, der mich immer in Rage brachte. Faschist, dachte ich und schlug wild um mich. Warte, bis ich zurück bin.

Wir hatten schon die halbe Strecke bis zum Ufer zurückgelegt, bevor ich merkte, daß die eisige Strömung nicht mehr an meinen Füßen zerrte. Im Vergleich dazu fühlte sich das Wasser jetzt direkt warm an.

»Brauchst du Hilfe?« fragte McLeod. Er schwamm nur einen knappen Meter von mir entfernt.

»Du kannst dir deine Hilfe an den Hut stecken«, murmelte ich und schluckte dabei ein bißchen Wasser.

»Gut, daß hier keine Abwässer eingeleitet werden.«

Bei dieser glücklich gewählten Bemerkung kam mir das Wasser beinahe wieder hoch. Ich hustete und spuckte und warf ihm einen giftigen Blick zu.

»Du und dein empfindlicher Magen«, kommentierte er liebenswürdig und machte eine Rolle wie ein Delphin. Ich war müde, nahm aber alle Kräfte zusammen und tauchte unter. Gerade als ich ihm einen Stoß an einer Seite versetzen wollte, daß er um Luft ringen würde, spürte ich, wie ich an den Haaren gepackt wurde. Als nächstes wurde ich wie ein Bündel Tang nach oben befördert. »Ruhig Blut, Tiger, immer ruhig Blut. Darfst den Lehrer nicht hauen.«

Ich versuchte, auf ihn einzuschlagen, und wedelte mit den Armen. Aber sein Arm war zu lang.

»Ts, ts!« Dann ließ er meine Haare los und war auf und davon. Es war nicht mehr weit bis zum Ufer, aber ich sah, daß er wirklich schwimmen konnte. Ein rasender Blitz pflügte durchs Wasser, dann hatte er sich schon am Absprungfelsen hochgezogen und schaute mir zu.

Ich fühlte mich ungefähr so beweglich wie ein Schleppkahn und mühte mich schwerfällig voran. Ich schaffte mit knapper Not meinen allerletzten Schwimmzug, zu dem ich fähig war, erreichte den Felsen und kroch hinauf. Ich wollte mich nur noch hinlegen. Er warf das Handtuch auf mich. »Zieh dir die nasse Badehose aus und rubbel dich kräftig ab.«

»Später.«

»Jetzt.«

»Himmelarsch«, stöhnte ich. »Muß immer alles nach deinem Kopf gehen?«

»Im Moment schon. Ich will, daß du diesmal trocken bist, bevor du dich hinlegst.«

Ich zerrte mir meine Badehose vom Leib und rubbelte mir mit dem Handtuch seitlich, schräg und quer über den Rücken. Ich rubbelte mir die Brust, den Bauch und die Beine ab. Dann kletterte ich auf den flachen Felsen und legte mich hin.

»Und ich mag nicht, wenn du fluchst«, sagte Justin von irgendwo unten.

»Tut mir ja so leid, Sir«, sagte ich noch, und im nächsten Augenblick schlief ich auch schon.

Ich wachte auf, als mir kaltes Wasser ins Gesicht spritzte. »Los, Endymion, brechen wir auf.«

McLeod stand in seinen Jeans über mir, hatte aber keinen Pulli an, der, wie ich einen Augenblick später merkte, über mir ausgebreitet lag, zusammen mit seinem Handtuch. Er schüttelte mir aus einer rostigen Dose Wasser ins Gesicht.

Ich stützte mich auf die Ellbogen. »Wie spät ist es?« Wir waren um zwölf Uhr hergekommen, doch der Himmel sah nicht so aus, als ob es auch nur annähernd noch Mittagszeit wäre.

»Gegen drei.«

Ich gähnte herzhaft und stand auf.

Den größten Teil des Wegs rumpelten wir schweigend hinunter. Ich erinnerte mich, was passiert war, und schämte mich ziemlich wegen meiner Panik und meiner schlechten Laune. Ich fragte mich, ob er mich wohl für einen Angsthasen hielt.

Und mit dieser Art von außersinnlicher Wahrnehmung, die er besaß, sagte er: »Ich hätte dich nicht so weit hinausschwimmen lassen sollen. Ich hab' dir zugehört, was du gesagt hast, und nicht aufgepaßt. Es tut mir leid.«

Ich begann, zwei und zwei zusammenzuzählen. »Hast du deshalb angefangen, mich wie ein SS-Feldwebel herumzukommandieren?«

»Das war die schnellste Art, ein bißchen Adrenalin in dich hineinzupumpen. Ich hätte dich ins Schlepptau nehmen können. Aber ich dachte, du würdest es lieber alleine schaffen.«

»Glaubst du, ich bin ein Angsthase?«

»Wenn einer Angst hat, ist er noch lange kein Angsthase.«

»Aber wenn er sich ängstlich benimmt.«

»Willst du augenblicklich der große Held sein?«

»Du meinst, das muß man üben?«

»Ja. Wie alles andere.«

»Wie du's geübt hast«, sagte ich.

Scharf sagte er: »Ich bin kein Held, Charles. Und mach' mich nicht dazu.«

»Warum nicht? Ich glaub' schon, daß du einer bist.«

»Deshalb.« Er steuerte den Wagen um ein großes Loch herum, hielt an und schaute auf mich herunter. »Eines Tages wirst du entdecken, daß ich tönerne Füße habe – und Knie und Beine. Wenn du mich zu einem Helden aufbaust, wirst du mir nie verzeihen, wenn ich dieses Bild zerstöre. Verstehst du mich?«

Ich verstand ihn nicht wirklich. Ich wollte mir meinen goldenen Kokon bewahren. Ich schüttelte den Kopf.

»Dann glaub's mir einfach.« Er ließ den Motor wieder an, und wir holperten zu seinem Tor hinunter.

Ich fand, er unterschätzte sich einfach, und beschloß, die Sache zu vergessen.

Am nächsten Tag erinnerte ich mich daran, worüber wir gerade gesprochen hatten, als mich die Strömung erfaßte. Ich versuchte, Justin das unangenehme, dumpfe Gefühl zu erklären, das immer aufkam, wenn ich mich zu weit zurückerinnern wollte. Wir waren früh mit dem Unterricht fertig geworden; ich trank Milch und aß Käse und Obst und Brot vom Bäcker, das Justins Meinung nach gesünder für mich war als ein Pfund Kekse oder so. Ich schnitt mir ein großes Stück Käse ab und legte es auf eine Scheibe Brot.

Er grunzte. »Na ja, ich bin weder Detektiv noch Psychiater, und außerdem bin ich nicht so sicher, ob das Ergründen des eigenen Ich – außer in notwendigen Fällen, und wenn man genau weiß, was man tut – die Dinge nicht noch schlimmer anstatt besser macht. Manches mußt du einfach akzeptieren.«

Ich biß ein großes Stück von meinem Brot ab. »Ich dachte, Selbsterfahrung sei das A und O«, nuschelte ich durch die Krümel. Es kam nicht allzu deutlich heraus.

»Versuch's noch mal, wenn du runtergeschluckt hast – und bevor du wieder abbeißt.«

Ich schluckte. »Ein Lehrer an meiner Schule hat gesagt, daß gute Manieren ein elitäres Mittel zur Statuserhaltung seien, weil sie dem Proletariat ein Gefühl der Unterlegenheit vermittelten.«

»Ich glaube, sie sind dieses Risiko wert. Sprich nicht mit vollem Mund.«

Ich erinnerte mich an den unvergleichlichen Percy und den ganzen nassen Krapfenteig, der an seinen Zähnen klebte. »In Ordnung.«

»Was hast du vorhin gesagt?«

»Ich dachte, Selbsterfahrung sei das A und O.«

»Selbsterfahrung ist eine Sache, Nabelschau eine andere. Willst du immer noch zur Luftwaffe?«

»Ja«, sagte ich und merkte, daß ich ein paar Wochen lang überhaupt nicht an die Fliegerei gedacht hatte. »Ich hab' in letzter Zeit gar nicht dran gedacht. Warum – findest du die Idee nicht gut?«

»Wenn du das wirklich willst, finde ich die Idee toll. Nicht, wenn sie nur eine Fluchtfantasie ist.«

»Wie weiß ich, ob's eine ist oder nicht?«

»Erstreckt sich dein Ehrgeiz auch auf die Raumfahrt? Willst du Astronaut werden?«

Davon hatte ich noch niemand etwas erzählt, weil Astronauten als Teil militärischer Technokratie an unserer Schule nicht sehr hoch im Kurs standen. »Nun... ja.«

»Dann wirst du merken, wie echt dein Ehrgeiz ist, wenn du mit der Mathematik konfrontiert wirst, die du beherrschen mußt, damit du einer werden kannst. Das verlangt harte Arbeit – keine Tagträumerei.«

»Meg sagt, daß ich mathemäßig immer noch auf dem Stand der Gebrüder Wright wäre.«

»Ist das die Schwester, die du magst?«

»Ja, Meg ist in Ordnung.«

»Sie hat auch recht, was deine Mathekenntnisse betrifft. Du wirst dich ganz schön auf den Hosenboden hocken müssen.«

»Meinst du, daß ich das schaffen könnte – ein Astronaut zu werden? Das sind unheimlich helle Köpfe.«

»Du hast alle Intelligenz, die du dazu brauchst. Das ganze Gerede, daß es dir daran fehlen solle, ist doch nur Vernebelungstaktik. Eine Kombination aus Selbstmitleid und Drückebergerei. Damit du nicht zu lernen brauchst, wozu du keine Lust hast.«

»Vielen Dank.«

Er lächelte – er hatte wirklich ein fantastisches Lächeln. »Aber bitte – gern geschehen.«

Ich war nicht wütend. Ich glaube nicht, daß ich noch wirklich wütend auf ihn werden konnte, nicht wie damals, als ich die Tür hinter mir zuknallte und zur Bucht marschierte. Außer Joey hatte ich nie einen Freund gehabt, und er war mein Freund; ich hatte, abgesehen von einer verschwommenen Erinnerung, nie einen Vater gehabt, und er war mein Vater: Ich hatte nie einen Erwachsenen gekannt, mit dem ich wirklich reden und dem ich vertrauen konnte, und ich redete die ganze Zeit mit ihm, egal, ob ich tatsächlich mit ihm sprach oder nicht. Und ich vertraute ihm. Was nicht heißt, daß er mir jemals etwas durchgehen ließ, und er ließ auch keine Entschuldigungen gelten, warum ich etwas nicht richtig machte.

»Jammerschade, daß du keinen Bezug zur Rechtschreibung hast«, bemerkte er eines Tages sarkastisch. »Und wenn du den Mund aufmachst, um mir zu sagen, daß Rechtschreibung ein intrigantes Mittel des Rassismus wäre, kannst du dir das sparen. Hier ist eine Liste, und ich möchte, daß du die Wörter darauf lernst. Ich habe es satt, daß du sie immer falsch schreibst. Morgen prüfe ich dich darüber. Und dann schreibst du sie lieber richtig.«

»Du nimmst mich wohl auf den Arm? Das ist ja mittelalterlich.«

»Du kannst jederzeit gehen.«

»Entweder nach deinem Kopf – oder Kopf ab.«

»Richtig.«

Also lernte ich die Wörter.

Und so ging es weiter.

An den meisten Tagen schwammen wir. Wenn es gelegentlich mal bedeckt war, wanderten wir, nahmen Brote mit und tranken aus Bächen. Das Hinterland der Halbinsel war zum Teil Wildnis, wo es zu felsig für die Landwirtschaft war; ab und zu entdeckten wir ein verfallenes Haus oder eine Mühle. Weiter die Küste hinauf wuchsen das Fichtengehölz, die Tannen und Kiefern bis zur Wasserlinie hinab, und wenn wir dort hindurchwanderten, hüllte uns die Stille ein, genau wie wenn man im Wasser ist und schwimmt.

»Ich finde das unheimlich«, sagte ich einmal.

»Weil du nicht an Stille gewöhnt bist. Sonst produziert fast immer etwas irgendwelche Geräusche: das Radio, der Fernseher, der Plattenspieler, der Verkehr, Stimmen.«

»Lebst du deswegen allein hier oben?«

»Zum Teil. Und weil ich jetzt daran gewöhnt bin, finde ich den Lärm, in dem die meisten Leute leben, unerträglich.«

»Warum bist du hierher gezogen?«

Er zögerte. »Ich habe meine Stelle unter Umständen verloren, die es unwahrscheinlich machten, daß ich jemals wieder eine andere bekommen würde.«

»Hatte das etwas mit deinem Unfall zu tun?«

»Ja.«

Ich hatte mich schon öfter gefragt, wie das mit dem Unfall wohl gewesen war, aber nachdem ich mir so mies vorgekommen war, weil ich die Sache an Pete ausgeplaudert hatte, wollte ich nicht weiter drängen. Ich wollte Justin wohl auch irgendwie zeigen, daß es ihn in meinen Augen nicht herabsetzte.

Unvermittelt sagte er: »Danach bin ich zwei Jahre im Gefängnis gewesen.«

Die Worte kamen aus dem großen Teich des Schweigens inmitten der Bäume. Ich war nicht wirklich überrascht. Ich hatte nie jemand gekannt, der im Knast gesessen hatte, obwohl immer viel darüber geredet wurde, wie schrecklich es dort wäre und wie man die Dinge jetzt verbessern könnte. Plötzlich war das Gefängnis nicht mehr nur irgendein Thema in den Fernsehnachrichten. Es war ein wirklicher Ort, wo Justin McLeod, mein Freund, zwei Jahre verbracht hatte.

»War es schlimm dort?«

»In mancher Hinsicht. Aber ich hatte Glück. Es war eins der besseren Gefängnisse. Und ich hatte mit einer Haftstrafe gerechnet. Ich hatte mich schuldig bekannt und dachte, ich würde mehr bekommen als zwei Jahre. Ich habe dort viel gelernt.«

»Was denn?«

»Über mich selbst, über andere Menschen. Dort habe ich auch angefangen zu schreiben. Als ich rauskam, wußte ich, daß ich meinen alten Job nicht wieder aufnehmen könnte, und ich wollte allein sein.«

Ich erinnerte mich an seinen Namen und die Worte *St. Matthew's School* am Anfang der Gedicht-Anthologie.

»Hast du am St. Matthew's unterrichtet?«

»Ja.«

Damit war alles gesagt. Doch ich wollte ihn wissen lassen, daß es an meiner Beziehung zu ihm nichts änderte.

»Es macht nichts aus, weißt du. Ich meine... Du weißt, was ich meine.«

Er schaute auf mich herunter und lächelte. »Ja, ich weiß. Danke.«

In gewisser Hinsicht erleichterte dieses Gespräch den Nachhilfeunterricht. Er kannte den Lehrstil dort und wußte, was ich bei der Prüfung zu erwarten hatte.

»Barry sagte, das St. Matthew's sei besser als früher. Die Schule hätte schlechte Zeiten durchgemacht, aber Evans, der neue Typ, sei gut.«

»Das ist er auch.«

Der Unterricht machte mir wirklich Spaß, sogar Mathe

und Latein. Alles machte mir Spaß. Eines Tages sagte ich: »Wir werden immer Freunde sein, nicht?«

Ich stand auf einem Felsen auf einem Hügel, der höchsten Erhebung in dieser Gegend. Justin stand etwas unterhalb. Er sagte: »Solange du willst.«

»Das heißt also, immer.«

Er lächelte. »Gut.«

Unruhe stieg in mir auf. »Meine Gefühle werden sich nicht ändern.«

Und als er nichts sagte: »Warum sollten sie sich ändern?«

»Was heute ist, ist genug. Du kannst die Zukunft nicht einsperren und sicher verwahren.«

»Was meinst du damit?«

»Nichts von Bedeutung. Ich glaube, es regnet gleich. Gehen wir lieber.«

10

Und dann war es eines Tages vorbei.

Alles passierte nur, weil ich vergaß, daß es Sonntag war. Die Samstage waren seit langem mit der restlichen Woche verschmolzen. Ich verbrachte sie mit Justin, allerdings nicht mit Arbeiten, sondern mit Schwimmen, Wandern, Lesen, Diskutieren; sogar Richard gewöhnte sich langsam an mich, so daß ich ihn Ende August nicht nur streicheln konnte, sondern sogar ein-, zweimal auf ihm geritten war. Doch die Sonntage verbrachte ich unten am Strand oder an der Mole – und wartete, daß der Tag verging.

Diesmal vergaß ich es, vielleicht, weil Justin mich am Samstag nicht mit seinem üblichen »Bis Montag dann« daran erinnerte. Also kam ich gegen halb acht bei ihm an, trat ins Haus, sah, daß Justin nicht im Arbeitszimmer war und ging zur Küche durch. Da war er und trank Kaffee; vor ihm auf einem Metallständer lag ein aufgeschlagenes Buch. McLeods Anblick ließ mich zurückprallen: Er trug ein weißes Hemd mit Krawatte und ein Tweedsakko. Ich hatte ihn nie anders als in Arbeitshosen oder Jeans und Pulli oder Sweatshirt gesehen.

»Warum bist du so fein angezogen?« fragte ich, ohne guten Morgen oder sonst was zu wünschen.

»Es ist Sonntag. Oder hast du nicht daran gedacht? Eigentlich hast du doch frei.«

»Oh.« Ich fühlte Enttäuschung in mir hochsteigen.

»Glas Milch?«

»Ja, danke. Ich hole sie mir schon selber.«

»Ich möchte nicht ungastlich erscheinen«, sagte er, als ich die Milch zum Tisch trug, »aber ich muß dich in ein paar Minuten verlassen.«

»Wo gehst du hin?« Nicht, daß mich das etwas anging. Ich erwartete wohl auch keine Antwort von ihm. Aber zu meiner echten Überraschung kam eine.

»In die Kirche. Du verschüttest die Milch.«

In der Tat. Sie rann aus dem Glas. Ich riß ein Handtuch von der Lehne eines Stuhls. »Warum gehst du denn in die Kirche?« fragte ich, während ich die Flecken aufwischte.

»Nein, häng's nicht wieder hin. Leg's in die Spüle. Aus dem üblichen Grund – um am öffentlichen Gottesdienst teilzunehmen.«

»Oh.«

»Warst du nie in der Kirche?«

Ich schüttelte den Kopf. »Nein.«

Justin trank den letzten Schluck Kaffee aus und stand auf. »In zwei Stunden bin ich zurück.«

Ich hörte, wie er durch die Diele und dann aus der Tür herausging. Er war schon fast am Auto, als ich ihn einholte. »Kann ich mitkommen?«

Er zögerte. »Was würde deine Mutter sagen?«

»Mutter ist dafür, daß die Leute ihre eigenen Entscheidungen treffen«, sagte ich unschuldig wie ein Lämmchen. Ich fügte nicht hinzu: außer, wenn sie die Entscheidung nicht billigt, zum Beispiel, ins Internat zu gehen.

Aber Justin wußte Bescheid oder erriet wenigstens die Wahrheit. »Du bist kein guter Lügner, Charles.«

»Na ja, sie hat wirklich mal gesagt, wenn man ein vernünftiges Alter erreicht, sollte man tun, was man für richtig hält.«

»Ich bezweifle, daß sie vierzehn für ein vernünftiges Alter hält, aber wenn du das sagst, siehst du so heilig aus, als ob dir gleich Flügel wachsen. Ist dir klar, daß dich jemand mit mir sehen könnte? Du machst ein großes Geheimnis daraus, daß du hier raufkommst, und möglicherweise könnte es jemand direkt deiner Familie erzählen – womöglich jemand, der dir nicht freundlich gesonnen ist.«

»Niemand aus unserem Bekanntenkreis ist Sonntag früh zu dieser Zeit auf.«

Er lachte. »Okay. Aber vielleicht – wahrscheinlich – wirst du dich langweilen.«

Doch ich kletterte bereits ins Auto. »Ist es in Ordnung, wie ich aussehe? Ich meine – ich bin nicht fein angezogen oder so.«

»Wenn du ein bißchen schlimmer aussähst, wäre das vielleicht sogar besser – dann würden sie vielleicht meinen, du wärst gerade noch rechtzeitig vor dem Höllenfeuer gerettet worden.« Er ließ den Motor an.

»Soll ich aussteigen und mich im Dreck wälzen?«

»Du brauchst nicht zu übertreiben.«

Mickey streckte seinen großen Kopf durchs Fenster. Justin tätschelte ihn und schob ihn weg. »Nein, Mickey.«

»Glaubst du nicht, die Kirche würde ihm guttun?«

»Es ist mehr die Frage, ob er der Kirche guttut. Er macht immer so gern mit. Wenn gesungen oder psalmodiert wird, fängt er an zu jaulen.«

»Vielleicht ist er nicht musikalisch.«

»Persönlich bin ich vom Gegenteil überzeugt: Er *ist* musikalisch. Das ist das Problem.«

Inzwischen hatte sich bereits das vordere Drittel von Mickey ins Auto gezwängt.

»Na schön«, resignierte Justin. Er gab ihm einen Schubser, dann beugte er sich zurück und öffnete die Hintertür. »Du hast einen schlechten Einfluß auf ihn, weißt du. Früher hat er sich damit abgefunden, daß er zu Hause bleiben muß.«

Schließlich fuhren wir los; Mickey nahm den gesamten Rücksitz in Beschlag. »Was für eine Rasse ist das denn?« fragte ich, als Mickeys nasse Zunge sich liebevoll mit einem meiner Ohren beschäftigte.

»Wer weiß?«

»Ich meine, hast du ihn nicht als besonderen Rassehund gekauft?«

»Ich habe ihn überhaupt nicht gekauft.«

»Wie bist du dann zu ihm gekommen?«

»Ich habe ihn gefunden, am Straßenrand. Er ist entweder aus dem Auto geworfen oder vielleicht sogar überfahren worden. Seine Hinterbeine waren gebrochen.«

»Wie alt war er damals?«

»Der Tierarzt meinte, ungefähr drei Monate.«

»Wie kann jemand so was tun?«

»Das weiß ich auch nicht.«

Die Fahrt war angenehm, abseits der großen Straßen, durch hügelige grüne Felder, die kreuz und quer von Steinmauern abgeteilt waren. Je weiter wir ins Landesinnere fuhren, desto höher wurden die Bäume.

»Wo fahren wir hin?«

»Nach Merton.«

Eine halbe Stunde später trafen wir in Merton ein, dessen zwei Hauptstraßen sich bei einem winzigen grünen Dorfplatz kreuzen. Justin fuhr zu einer weißen Holzkirche und parkte. Er ließ das Fenster offen, damit Mickey rauskonnte, falls ihn ein natürlicher Drang überfiel, und wir stiegen aus.

Justin schaute Mickey an. »Du bleibst hier!« sagte er mit fester Stimme.

»Glaubst du, er wird gehorchen?« fragte ich beim Hineingehen.

»Das werden wir schon sehen.«

Trotz Justins Warnung war mir nicht langweilig, obwohl ich keine Ahnung hatte, was vor sich ging. Aber ich stand immer auf und setzte mich hin, wenn er es tat, und kniete mich auch hin, wobei ich mir ein bißchen albern vorkam. Er achtete nicht auf mich. Der Mann vorne, der das Ganze veranstaltete, schien ungefähr hundert Jahre alt zu sein. Er hatte eine Art rote Tunika über einer weißen

Robe an und redete mit einem feinen, dünnen Stimmchen. Da die Kirche eine gute Akustik hatte – der Strubbel kannte sich bestens in Akustik aus und hatte mir alles erklärt –, hörte ich das meiste, was er sagte. Ich versuchte, einen Sinn herauszufinden. Aber das Gerede wurde mir nicht klarer, sondern immer unverständlicher. Vielleicht war nicht genug frische Luft in der Kirche, obwohl ein paar der bunten Glasfenster gekippt waren und es recht kühl war. Ich fühlte mich merkwürdig. In der Kirche war es nicht gerade hell, aber auch nicht dunkel; es herrschte irgendwie Zwielicht. Auf einer Seite in einer Seitenkapelle hing ein riesiges Kruzifix. Dort und an anderen Stellen brannten Kerzen. Alles schien zu verschwimmen. Ein seltsamer, nicht unangenehmer und merkwürdig vertrauter Geruch hing in der Luft. Ich konnte den alten Mann jetzt nicht mehr hören, obwohl ich wußte, daß er immer noch redete. Dann wurde mir schwarz vor Augen, und ich empfand sowohl Angst als auch Zorn, konnte aber nicht sagen, was genau. Ich blinzelte ein paarmal und versuchte, wieder klar zu sehen. Aber es wurde schlimmer statt besser. Ich schaute zu Justin hinüber, und Panik erfaßte mich. *Ich konnte seinen Kopf nicht sehen.* Ich weiß, das klingt verrückt. Und ich war sicher, daß ich übergeschnappt sein mußte. Aber obwohl ich seinen Körper einschließlich Schultern sehen konnte und wußte, daß sein Kopf da war, konnte ich ihn nicht wirklich sehen. Vielleicht war es nur das Licht. Aber er verschwamm einfach in der Umgebung ringsum.

»Justin«, sagte ich. Dann wurde mir schwindlig, und ich wußte, daß ich hier rausmußte. Ich drehte mich um und ging zur Tür, so rasch ich konnte.

Als ich draußen war, setzte ich mich auf die niedrige Mauer, die den Kirchhof umgab, und wartete, daß sich der Aufruhr in mir legte. Ich fühlte mich fast sofort besser. Nach ein paar Minuten kam Justin heraus.

»Alles in Ordnung?«

Ich nickte. »Tut mir leid, Justin.«

»Keine Ursache. Glaust du, du schaffst es bis zum Pfarrhaus? Es ist nur ein paar Meter von hier.«

Die Panik fing wieder an. »Ich will nicht reingehen.«

»Okay. Aber ich geh' rein und hol' kaltes Wasser. Vielleicht tut dir das gut.«

Ich schüttelte den Kopf. »Das brauch' ich nicht, danke. Echt. Gleich geht's mir wieder gut.« Da erinnerte ich mich, daß ich seinen Kopf nicht hatte sehen können, und blickte auf. Er sah aus wie immer, außer daß mir zum ersten Mal seit langem wieder die Narben auf der einen Gesichtshälfte auffielen. Ich weiß, daß ich nicht ganz bei Trost war, weil ich meinen Arm ausstreckte und meine Hand auf sein Gesicht legte. »Es ist dein Gesicht«, sagte ich.

»Ja. Was hattest du denn gedacht?«

Die Worte kamen aus dem Nichts. »Das meines Vaters.« Wir starrten einander an. Dann zog ich meine Hand weg. »Justin, können wir fahren? Ich will hier weg.«

»Ja. Natürlich.«

Ich hatte keine Lust zu reden, deshalb fuhren wir schweigend dahin. Ich versuchte herauszukriegen, was mit mir passiert war, aber jedesmal, wenn ich wieder nachdachte, überkam mich dieses Unwohlsein, und so dachte ich lieber an gar nichts. Als wir wieder bei seinem Haus ankamen, sagte ich: »Ich sollte jetzt wohl für den Rest des Tages runtergehen zum Strand. Weil heute Sonntag ist, meine ich.«

»Willst du denn gehen?«

»Nein.«

»Dann geh nicht.«

Wir gingen zurück in die Küche, und er sagte: »Setz dich.« Ich setzte mich. Er füllte zwei Teller mit etwas aus einem großen Topf auf dem Herd und brachte sie zum Tisch. »Fang schon an«, sagte er und legte mir einen großen Löffel hin. Dann holte er ein Brett mit einem Laib dunklem Brot, schnitt zwei Scheiben ab, reichte mir eine und setzte sich hin.

Die Suppe war heiß und sehr gut, dick, mit Fleisch und Gemüse und etwas, das wie Reis aussah, aber nicht so schmeckte. »Ist das Reis?« fragte ich.

»Nein, Gerste.«

»Hast du das gekocht? Die Suppe?«

»Ja.«

»Kochst du gern?«

»Nicht besonders. Aber es bleibt mir nicht viel anderes übrig.«

Ich dachte an Barry. »Du könntest dir eine Haushälterin nehmen.«

»Da koche ich lieber selber.«

»Das schmeckt gut«, sagte ich und kratzte den Teller aus.

»Willst du noch was?«

»Ja. Was ist denn drin?«

Er stand auf und ging zum Herd hinüber. »Alles.« Er kam zurück und stellte die zweite Portion vor mich hin. »Aber als erstes tu' ich einen Rinderknochen rein. Wenn Mickey schon eine Woche dran rumgekaut hat, um so besser. Dann kriegt das Ganze mehr Aroma.«

Ich war gerade dabei, einen Löffel Suppe hinunterzuschlucken. »Du machst wohl Witze.«

»Was veranlaßt dich zu dieser Vermutung?«

»Du bist ein komischer Kauz. Bringst mich total durcheinander.«

Er lächelte.

Als ich aufgegessen hatte, sagte Justin: »Du kannst raufgehen und dich hinlegen, wenn du magst. Vielleicht täte dir ein bißchen Schlaf gut.«

»Ich würde mich lieber auf den Felsen hinlegen. Läßt sich das machen?«

»Klar.«

Also fuhren wir hinunter. Ich lag auf dem Felsen in der

Sonne und schlief ein. Als ich aufwachte, schwammen wir. Ein bißchen später kehrten wir zu dem Felsen zurück und lagen dort rum. Die ganze Zeit hatte Justin keinen Ton über das gesagt, was passiert war.

Irgendwie wußte ich, daß er es auch nicht tun würde. Ich lag da und dachte darüber nach. Wenn es Mutter oder der Strubbel oder Megs Vater oder irgendein Lehrer von der Schule oder sogar Meg gewesen wäre, wären sie über mich hergefallen. Was ist passiert? Warum? Erzähl mir alles. Bist du sicher, daß es dir wieder gutgeht...?

»Justin«, sagte ich.

»Ja.«

»Du bist ein toller Typ. Ich meine das ganz im Ernst.«

»Danke. Warum?«

»Weil du nicht über mich herfällst und mich mit tausend Fragen bombardierst.«

»Von Zeit zu Zeit hab' ich dir schon Fragen gestellt.«

»Nicht, wenn ich keine Lust hatte, sie zu beantworten. Woran merkst du eigentlich immer den Unterschied?«

»Vermutlich, weil ich...«

Ich rollte mich auf die Seite, so daß ich ihm gegenüberlag. »Weil du was?«

»Glückstreffer hatte, vermutlich.«

»Nein, keine Glückstreffer. Das wolltest du nicht sagen.«

»Weil wir Freunde sind.«

»Ja. Das sind wir.« Ich wurde wieder schläfrig. »Ich habe das Gefühl, wenn ich nicht drüber nachdenke, wird mir plötzlich einfallen, warum mir schwindlig wurde.«

»Wahrscheinlich.«

»Was glaubst denn du, warum das passiert ist?«

»Charles – woher soll ich das wissen?« Er wandte mir das Gesicht ein wenig zu und schaute mich an. »Du hast gesagt, du seist nie in der Kirche gewesen. Es sieht so aus, als wärst du doch einmal dort gewesen, und als wäre dort etwas passiert, das dich sehr durcheinander gebracht hat, nur, daß du dich nicht daran erinnern kannst. Vielleicht hast du es auch bewußt verdrängt.«

Das stimmte. Ich wußte es, obwohl ich mich immer noch nicht erinnern konnte, was es war. Die Sonne brannte heiß herunter. Gerade, als ich eindöste, legte ich den anderen Arm über seine Brust, spürte seine Haut und Haare unter meiner Hand. Eine Art elektrischer Schauer überlief mich. Ich setzte mich halb auf. »Justin.«

»Schlaf ein, Charles«, sagte er bestimmt. »Und laß mich dasselbe tun.«

Das kam mir wie eine gute Idee vor, und so legte ich mich wieder hin und schlief ein.

Beim Aufwachen war ich immer noch in derselben Stellung, den einen Arm unter mir, den andern über Justins Brust. Ich gähnte und versuchte, mich zu bewegen. »Mein Arm ist eingeschlafen.«

»Kräftig rubbeln«, sagte er mitleidlos. »Ich geh' rein.«

Wir schwammen noch einmal und fuhren dann zum Haus zurück. Es war gegen vier Uhr. Justin ging hinaus, um nach Richard zu schauen. Ich ging ins Arbeitszimmer und vertiefte mich in einen seiner Terence Blake-Romane. Die ich noch nicht gelesen hatte, hatte ich schon vor langem in einem Stück verschlungen. Jetzt las ich alle Bände noch einmal. Wie die Zeit verging, merkte ich nur daran, daß Justin die Lampe neben mir anknipste.

»Danke«, murmelte ich und versank schon wieder in meiner Lektüre. Eine Weile später stand er in der Tür. »Komm, Charles. Das Abendessen ist fertig.« Ich blickte hoch. Es war schon fast dunkel.

Zum Abendessen gab's dasselbe noch einmal: Suppe, Brot, Käse, einen großen Salat, Wurst und Obst. Als wir fertig waren, war es endgültig Nacht draußen. Ich spülte ab als Dankesgeste, weil ich nichts zum Abendessen beigetragen hatte. Als ich fertig war, sagte er: »Ich fahr' dich runter zu deinem Haus.«

»Kann ich heute nacht nicht hier bleiben, Justin?« Als ich das fragte, wurde mir bewußt, daß ich genau das die ganze Zeit vorgehabt hatte.

»Nein. Ich glaube, du solltest besser zurück. Was, wenn sich die Lansings plötzlich an ihre Verantwortung erinnern und sich fragen, wo du bist?«

»Das werden sie nicht. Außerdem verbringe ich sowieso die meisten Nächte zu Hause, wegen Moxie.«

»Gut, was ist dann mit Moxie? Wer wird ihn füttern?«

Natürlich sorgte Moxie den größten Teil des Jahres selbst für seine Ernährung, allerdings war dann das Haus verschlossen und er wußte, daß ich weg war. Ich zögerte. Ich weiß nicht, ob ich mich immer noch mitgenommen fühlte oder nicht, jedenfalls wollte ich nicht allein sein. Oder genauer, ich wollte nicht von hier weg. Justin beobachtete mich. »Eins möchte ich klarstellen. Ich hab' dich gern hier oben. Jederzeit, und so lange du willst. Aber ich glaube, daß wir uns lieber nicht allzu unbekümmert auf dein Glück verlassen sollten.«

Er hatte natürlich recht, obwohl ich mich nicht gerne an das Leben außerhalb meines goldenen Kokons erinnern ließ.

»Okay.«

Er setzte mich in der Nähe der Lansings ab. Ich ging hinein. Niemand war da, womit ich mehr oder weniger gerechnet hatte. Da Pete weg und Barney jetzt im Zeltlager war, besuchten die Lansings jede Menge Partys. Ich hinterließ eine Nachricht, daß ich bei uns daheim übernachten würde, verließ das Haus wieder und ging am Ufer entlang zu unserem Häuschen zurück.

11

Unten war das Licht an. Es ist immer an, deshalb dachte ich mir weiter nichts dabei.

»Moxie«, rief ich.

Normalerweise ertönt daraufhin ein krächzendes Miau, und Moxie taucht von irgendwoher auf oder tapst auf weichen Pfoten die Treppe herunter.

Doch kein Laut war zu hören. »Moxie, komm schon, alter Knabe. Zeit fürs Abendessen.« Ich ging in Richtung Küche, und dann hörte ich ihn. Die Treppe endet in der Nähe der Küche, und er lag am unteren Ende. Er gab eine Art schwachen Schrei von sich. Er lag auf der Seite. Rund um sein Maul war Blut verschmiert. Er versuchte aufzustehen, konnte aber seine Hinterbeine nicht bewegen.

»O Gott, Moxie! Was ist mit dir passiert?« Ich beugte mich hinunter und versuchte, ihm aufzuhelfen, was blöd war, blöd, blöd. Doch ich war gedankenlos. Er schrie auf. Mehr Blut sickerte aus seinem Maul. Ich streichelte ihm den Kopf und ging zum Telefon. Ich versuchte es beim einzigen Tierarzt in der Gegend, der mir bekannt ist. Niemand meldete sich, auch kein Anrufbeantworter, obwohl ich die Nummer dreimal wählte und es lange klingeln ließ. Dann rief ich die Vermittlung an, und sie versuchte es bei ein paar anderen Ärzten auf der anderen Seite des Landkreises. Einer war in Urlaub, die Praxis war geschlossen. Seine Vertretung war übers Wochenende verreist. Sie versuchte es bei einem dritten. Er hatte Dienst und konnte nicht weg. Er sagte mir, ich solle versuchen, Moxie im Auto herzubringen, und gab mir Anweisungen, wie ich ihn hochheben sollte. Ich rief Justin an. Doch er hob nicht ab. Ich wußte nicht, was ich tun sollte.

Ich stand da und überlegte, welchen der Nachbarn mit

Auto ich zuerst anrufen sollte. Die Sache mit unserer Sommerkolonie ist die, daß man kein Auto braucht, wenn man einmal hier ist. Das macht angeblich den großen Reiz dieser Kolonie aus. Die Männer bringen ihre Familien hierher, lassen sie zurück und fahren wieder heim. Oft kommen sie zu verlängerten Wochenenden hierher, doch Sonntagabend sind die meisten wieder weg. Ich probierte es bei ein, zwei Leuten. Entweder waren sie nicht zu Hause, oder sie hatten kein Auto. Ich rief bei den Lansings an, für den Fall, daß sie zurückgekommen waren. Niemand ging ans Telefon. Ich versuchte, meine Gehirnwindungen in Schwung zu bringen, mußte aber immer Moxie anschauen, der offensichtlich im Sterben lag. Ich versuchte es bei ein paar weiteren Nachbarn. Die Brandons hatten kein Auto, und Maurice war bereits weggefahren. Die Goulds meldeten sich nicht. Ich wählte noch einmal Justins Nummer. Keine Antwort. Ich wußte – weil er es mir gesagt hatte –, daß er oft noch abends spazierenging.

Natürlich war das örtliche Telefonbuch nutzlos. Die Leute sind nur den Sommer über hier, ihre Namen stehen gar nicht drin. Ich telefoniere hier nie, deshalb konnte ich mich nicht entsinnen, wie Mutter die Nummern der Leute wußte, bis ich mich erinnerte, daß sie ein persönliches Notizbuch besaß, ein blaues, in das sie alle Nummern schrieb. Ich zog die Schublade unter dem Telefon auf und warf alle Telefonbücher auf den Boden. Es gab ein Buch fürs Ortsnetz, für Manhattan, für Westchester, für Connecticut, für Boston. Die gelben Seiten. Aber kein kleines blaues Buch. Ich kam zu dem Schluß, daß es wahrscheinlich in ihrem Zimmer sein müsse. Oder in Glorias. Gloria hing ewig am Telefon. Ich raste die Treppe hoch, nahm immer zwei, drei Stufen auf einmal und stürmte als erstes in Mutters Zimmer. Ich machte das Licht an und klapperte hektisch alles ab; zum ersten Mal segnete ich ihre Ordnung. Dann kam Megs Zimmer an die Reihe. Ich schaltete das Licht an und blickte mich rasch um. Meg ist nicht ordentlich. Als ich ihre Bücher und Zeitschriften durchsah, schleuderte ich sie auf den Boden und wühlte als nächstes ihre Schubladen durch. Kein Buch. Ich wußte, daß es nicht bei mir war, deshalb ging ich zurück, an Mutters Zimmer vorbei, zu Glorias Zimmer.

Im selben Augenblick, als ich die Tür öffnete, wußte ich, daß Moxie hier drin gewesen war und eine Schandtat vollbracht hatte. Ich machte das Licht an. Mitten im Bett hatte er sich seiner gesamten Last entledigt. Und richtig, da, auf Glorias Frisiertisch, lag das blaue Buch.

Ich packte es und rannte zur Treppe, als ich Geräusche hörte. Eine Stimme redete, dann kam ein lauter, metallischer Quietscher. Das konnte nur aus meinem Zimmer und von meinem Bett kommen. Ich schwenkte herum, riß die Tür auf und machte das Licht an. Da drin waren der unvergleichliche Percy und Gloria. Und ich brauchte keinen Fortgeschrittenenkurs in Sexualerziehung, um zu wissen, was sie trieben.

Gloria schnappte nach Luft. »Raus!« schrie sie.

Percy drehte sich um. »Himmelarsch!« Er schnappte nach seiner Hose.

Aber ich schaute weder ihn noch Gloria an. Ich starrte auf seinen gelbbraunen mexikanischen Stiefel, der auf dem Boden direkt vor mir lag. Blut trocknete daran, und an dem Blut klebten ein paar orangefarbene Haare.

Wut explodierte in mir. »Du – du ...« Die Worte blieben mir in der Kehle stecken. Dann fand ich meine Stimme wieder. »Du hast Moxie getreten. Du hast ihn fast umgebracht! Ist dir das klar, du Scheißkerl – du fieses, stinkendes Schwein!« Ich war von einem rasenden Zorn besessen, wie ich ihn noch nie erlebt hatte. Percy ist vier Jahre älter als ich und spielt in der Unimannschaft Hockey. In der Ecke lehnte ein Baseballschläger. Ich packte ihn und ging rein.

An das, was unmittelbar darauf folgte, konnte ich mich nur noch vage erinnern. Gloria kreischte wieder und kreischte immer weiter. Ich versuchte hartnäckig, Percy eins überzubraten, und es gelang mir, ihm ein paar Hiebe auf die Schulter zu verpassen. Erst faselte er dauernd davon, daß er Moxie nicht verletzen wollte, aber ich hörte gar nicht zu. Dann wurde er sauer. Natürlich siegte er. Er konnte meinen Arm lange genug festhalten, um mich daran zu hindern, ihm das Gehirn zu zerschmettern, und mit ein paar gut gezielten Bissen gelang es Gloria, mir den Schläger aus der Hand zu winden. Ich kämpfte immer noch und landete ein paar Treffer, doch schließlich versetzte er mir einen Schwinger, daß ich gegen das Kopfende meines Betts fiel.

»Hör zu, Kleiner«, sagte er und betastete seinen Arm, wo ich einen kräftigen Schlag plaziert hatte. »Danke deinen Sternen, daß ich dir nicht wirklich eine Lektion erteile. Du mißratenes Balg. Du hättest eine verdient.«

Ich keuchte und strengte mich an, nicht zu heulen. »Du Scheißkerl! Du hast meine Katze umgebracht. Das ist alles, was du kannst, auf hilflosen Tieren herumtrampeln!«

Gloria war rausgerannt. Percy zerrte an seinen Stiefeln. »Es ist deine Schuld, weil du ihn im ganzen Haus herumscheißen läßt. Hier stinkt's ja wie die Pest.«

Mein Kopf tat mir weh, wo ich gegen das Bett gekracht war. Auch hatte diese blinde, weißglühende Wut nachgelassen. Was machte ich hier überhaupt, wo doch Moxie unten lag? Ich sprang auf. Percy schubste mich aufs Bett zurück. »Nicht so schnell«, sagte er und strich sein Hemd glatt. »Du gehst, wenn ich es sage.«

»Moxie liegt da drunten. Ich muß ihn zu einem Tierarzt bringen. Laß mich durch.«

Ich schoß an ihm vorbei und die Treppe hinunter. Moxie lebte noch, aber nur gerade noch. Ich wußte, daß es keinen Zweck hatte. Seine Augen begannen schon, glasig zu werden. Alles, was ich tun konnte, war, mit ihm aufs Ende zu warten. Ich setzte mich neben ihn auf den Boden, streichelte ihn und redete mit ihm.

Percy kam runter und ging an mir vorbei, ohne ein Wort zu sagen. An der Tür drehte er sich um.

»Das mit Moxie tut mir leid«, sagte er. »Ich habe ihm erst einen Tritt versetzt, als er Gloria mit Zähnen und Klauen anfiel. Er ist deine Katze, Mann. Du hast ihm erlaubt, das ganze Haus in Besitz zu nehmen. Es war mein Stiefel, aber du bist genauso daran beteiligt.«

Ich sagte nichts.

Moxie starb ungefähr eine Stunde später. Was Percy gesagt hatte, war die Wahrheit. Es war sein Stiefel. Aber schuld war ich genauso wie er. Ich saß lange auf dem Boden. Dann holte ich einen alten Wäschesack aus dem Dielenschrank, legte Moxie hinein und trug ihn raus, den Hügel hinter dem Garten hinauf. Der Mond schien hell, aber ich steckte trotzdem eine Taschenlampe ein. Ich holte auch eine Schaufel aus dem Keller.

Oben auf dem Hügel unter der großen Platane hob ich für Moxie ein Grab aus, damit ich immer wüßte, wo er begraben lag. Ich brauchte viel länger, als ich gedacht hatte, aber es war mir egal. Der Boden ist felsig, und der Sommer war trocken. Dann ging ich ins Haus zurück und putzte den Boden. Anschließend ging ich nach oben.

Als ich in mein Zimmer kam, sah ich, daß mein Bett wieder glattgezogen war. In der Mitte des blauen Überwurfs lagen ein paar zusammengeheftete Blätter Papier, dazu eine Notiz in Glorias Handschrift:

Das habe ich für dich aufgehoben.

Es waren Kopien von Zeitungsausschnitten. Und sie informierten mich über alles, was ich schon immer über meinen Vater wissen wollte.

Ich stand da und las. Manches davon wußte ich natürlich schon: Ingenieur mit einem M.I.T-Diplom, Pilot der Luftwaffe im Koreakrieg, Auszeichnung mit dem Fliegerkreuz und dem Marinekreuz, die ich beide geerbt hatte.

Was ich nicht wußte, war, daß er in Australien, in Sydney, an chronischem Alkoholismus zugrunde gegangen war, wo er die letzten Jahre im Asozialenmileu versumpft war.

Vermutlich hätte ich Justin anrufen sollen, aber ich konnte nicht sehr klar denken. Das lag zum Teil daran, daß mir sofort, als ich die Zeitungsausschnitte las, das meiste wieder einfiel, was an jenem Abend vor langer Zeit in der Kirche passiert war. Ich war mit meinem Vater dort gewesen. Dann war ich eingeschlafen. Als ich aufwachte, wurde er gerade von zwei Männern nach draußen geschleppt. Sie hatten mich nicht gesehen. Ich erinnerte mich an seinen Kopf, wie er zwischen ihnen nach unten hing. Ich erinnerte mich, daß es kalt war, die Kerzen verschwammen zu einem trüben Licht, und ich erinnerte mich, wie ich den Mittelgang entlang hinter den Männern herlief und schrie. Als ich nach draußen kam, war es dunkel; ich fand Vater ausgestreckt auf dem Pflaster liegen.

Der heutige Abend, Moxie, dieser Vormittag, jener Abend damals – alles verfloß ineinander, wie in einem dieser neuen Filme. Mir wurde vieles klar über Vater, Mutter und mich. Vor allem über mich.

Ich zog eine Baseballjacke über, stopfte mir die Papiere in die eine, die Taschenlampe in die andere Tasche. Dann verließ ich das Haus und machte mich auf den langen, steilen Weg zu Justin. Unterwegs dachte ich an gar nichts. Bilder glitten an mir vorüber, ohne besondere logische Ordnung: die Kirche heute früh mit Justin, Vaters blonder Kopf in der Sonne, als ich auf seinen Schultern saß, derselbe Kopf, wie er zwischen den beiden Männern nach unten sackte, und wie er draußen auf dem Pflaster aussah, Moxie, dem das Blut aus dem Maul tropfte, Gloria und Percy auf dem Bett, die Akazie im Mondlicht, Justin – auf dem Felsen, im Wasser, auf einem Stuhl mir gegenüber in der Küche, wie sich seine Haut unter meiner Hand anfühlte, wie er in meinem Traum ausgesehen hatte. Die Bilder von ihm waren wie ein Seil, das mich dort hinaufzog.

Ich glaube nicht, daß ich tatsächlich meinte, wenn ich zu ihm ginge, würde das irgend etwas lösen – was gab es schon zu lösen? Aber etwas anderes fiel mir einfach nicht ein. Mickey kam herangedonnert, als ich durch das Tor ging, und gab ein paar laute Beller von sich, aber sobald er meinen Geruch geschnuppert hatte, trottete er heran und leckte mir das Gesicht. Die Tür war nicht verschlossen. Ich machte das Licht nicht an. Mondlicht fiel aus dem Eßzimmer rechts in die Diele herein. Ich ging nach oben in Justins Zimmer. Das Fenster hatte keine Vorhänge, oder wenigstens waren sie nicht zugezogen. Ich konnte sein Bett leicht sehen. Er schlief.

»Justin«, sagte ich. Und dann noch einmal lauter: »Justin.« Ich ging zum Bett hinüber, als er sich regte und hochstemmte. »Wer ist da?«

»Ich bin's. Charles.«

Er knipste die Nachttischlampe an und setzte sich auf. »Charles! Was ist denn los?« Seine Schultern sahen vor dem weißen Kissen braun aus.

Alles spritzte aus mir heraus wie aus einer angestochenen Eiterbeule. »Moxie ist tot. Dieser Schweinehund Percy hat ihm einen Tritt verpaßt, daß er die Treppe runtergeflogen ist. Er und Gloria waren...« Alle Worte dafür waren aus meinem Gedächtnis gelöscht, was merkwürdig war, weil ich niemand kannte, der prüde in ihrem Gebrauch war. »Sie waren auf meinem Bett... Es ist meine Schuld. Moxie hat eine Riesensauerei auf Glorias Bett gemacht. Deswegen waren sie wohl auf meinem. Ich hätte ihm nicht erlauben dürfen, durchs ganze Haus zu streunen. Aber alle waren weg. Gloria hat mir das da hinterlassen...« Ich zog die Zeitungsausschnitte aus meiner Tasche. »Weißt du, warum ich keinen Vater habe? Weil er ein Säufer war. Er hat sich im Nuttenviertel zu Tode gesoffen. Er hat mich einfach sitzenlassen. Er und seine Scheißmedaillen. Er hat mich sitzenlassen. Ich dachte immer, es sei Mutters Schuld gewesen. Deshalb wollte ich...« Ich sah, wie Justin nach seinem Morgenmantel griff und ihn sich umhängte, als er aufstand. »Beruhige dich, Charles. Beruhige dich.«

Aber dafür war es zu spät. Die Schluchzer schienen aus meinen Knien hochzukommen, erschütterten meinen ganzen Körper. Justin zog mich an sich und legte seine Arme um mich und hielt mich, während ich etwas von dem Ozean hinausheulte, von dem ich nicht gewußt hatte, daß er in mir war. Ich konnte nicht aufhören. Nach einer Weile hob er mich auf und trug mich aufs Bett und legte sich neben mich, ohne mich loszulassen.

Ich konnte spüren, wie sein Herz klopfte, dann merkte ich, daß es meins war. Ich konnte das Schütteln in meinem Körper nicht unterdrücken; ich begann sogar, heftig zu schlottern. Es war, als ob alles – das Wasser, die Sonne, die Stunden, das Spiel, die Arbeit, der ganze Sommer – zusammenkam. Der goldene Kokon platzte auf und ergoß sich in einem goldenen Regen.

Trotzdem wußte ich erst, was mit mir geschah, als es schon geschehen war.

Als ich aufwachte, war ich allein. Ich lag unter der Bettdecke, nicht mehr darauf. Die Sonne strömte durchs Fenster herein. Meine Hose, mein Pulli und meine Jacke hingen über einem Stuhl. Ich hatte meine Shorts an. Das erste, woran ich mich erinnerte, war Moxie. Dann erinnerte ich mich an meinen Vater. Dann erinnerte ich mich daran, wie ich hierhergekommen war, und was dann passiert war.

Ich lag lange im Bett und dachte darüber nach, und je mehr ich darüber nachdachte, desto mieser fühlte ich mich, wegen mir selbst und wegen Justin. Und doch... irgendwie hatte ich lange gewußt, nicht, daß das hier passieren würde, aber daß etwas passieren würde und dann alles vorbei wäre.

Wieder verstrich eine lange Zeit, dann kam Justin herein. Ich wollte ihn nicht ansehen.

Er stellte ein Glas Orangensaft auf den Tisch neben das Bett. »Guten Morgen.«

Ich sagte nichts. Er ging ans Fenster, starrte eine Weile hinaus und drehte sich dann um, verschränkte die Arme vor der Brust und lehnte sich gegen die Wand.

»Willst du jetzt darüber reden oder später?«

Ich setzte mich auf und trank etwas Saft.

»Machst du dir Sorgen? Deinetwegen?«

Haargenau. Aber ich sagte immer noch nichts. Ich wollte in Ruhe gelassen werden. Ich wollte irgendwie nicht darüber nachdenken oder reden müssen.

»Ich will nicht darüber reden, Justin. Lassen wir's einfach.«

»Ich glaube nicht, daß das eine gute Idee ist. Für dich. Dein erster Impuls ist immer davonzurennen. Du läufst vor dieser Sache davon und verbringst dann unnötige Jahre damit, dich damit zu quälen. Es gibt nichts, worüber du dir Sorgen machen müßtest. Du hast auf viel Streß – und auf einen Schock – in einer normalen Weise reagiert. In deinem Alter könnte alles der Auslöser sein.«

»Du meinst, es hat nichts mit dir zu tun?«

»Natürlich hat es auch mit mir zu tun. Aber nichts von bleibender Bedeutung. Jeder könnte an meiner Stelle gewesen sein – ein Junge oder ein Mädchen. Es hätte dir im Schlaf passieren können. Das mußt du doch wissen.«

Ja, das wußte ich. Und ich wußte auch alles über die männlichen und weiblichen Anteile in jedem Menschen. Aber ich erinnerte mich auch an andere Dinge. An die beiden Male, als wir auf dem Felsen gelegen hatten, ich den Arm ausgestreckt und ihn berührt hatte. Ich hatte ihn berührt. Nicht andersrum. Das jagte mir einen solchen Schrecken ein, daß ich an nichts anderes denken konnte. »Du willst mir was einreden. Ich glaub' dir nicht.«

»Ich will dir nichts einreden. Ich weiß, wovon ich spreche.«

»Daß du das weißt, darauf gehe ich jede Wette ein.«

Es gibt nichts in diesem Gespräch an jenem Morgen, worüber ich mich nicht bitter schäme. Aber von allem, was ich sagte, schäme ich mich am meisten darüber und über das, was ich als nächstes sagte.

»Was bist dann du für einer?«

»Ich weiß schon lange, wie ich bin.«

Und ich wußte es auch. Unbewußt wußte ich es, hatte es immer gewußt. Was war dann ich für einer? Ich starrte ihn an. »Wieso hast du dann...«

»Habe ich was, Charles?«

Genau das konnte ich nicht ertragen. Er hatte nichts getan. Ich hatte alles selber getan. Immer hatte ich meine Hand nach ihm ausgestreckt. Und je mehr ich nachdachte, desto mehr Gelegenheiten fielen mir ein, bei denen er mich aufgehalten hatte. Was hatte ich nur im Sinn gehabt? Ich wußte, spürte es, daß ich ihn verletzte. Aber ich tat auch krampfhaft noch etwas anderes, was ich sehr gut kann: Ich wälzte alles von mir ab.

»Ich will nicht darüber reden«, sagte ich wieder.

Ich werde nie wirklich wissen, ob das auf eine eigene, seltsame Art ein letzter Appell an ihn war, ein Hilfeschrei, bevor ich die letzte Brücke zwischen uns abbrach.

Aber ich weiß jetzt, daß Justin seine Grenzen erreicht hatte. Er konnte mir nicht mehr helfen.

»Okay, Charles. Wie du willst. Ich bin unten, wenn du mich brauchst.«

Justin hatte gesagt: *Das einzige, wovon du nicht frei sein kannst, sind die Konsequenzen deines Tuns.* Ich versuchte, nicht daran zu denken, während ich beim Duschen und Anziehen möglichst lange herumtrödelte. Aber das sichtbare Ergebnis zumindest einer meiner Taten starrte mich an: daß ich Moxie frei im Haus hatte herumstreunen lassen. Gegen Mittag nahmen weitere Ergebnisse konkrete Gestalt an, und zwar in Form von Barry. Ich war gerade heruntergekommen. Justin arbeitete an seinem Schreibtisch. Ich versuchte, an etwas zu denken, was ich sagen könnte. Wenigstens darüber bin ich froh. Ich hatte es versucht. Dann hörte ich eine Autotür zuschlagen und schaute aus dem Fenster.

»Barry ist hier«, sagte ich.

»Ich habe ihn erwartet.«

Ich hatte kaum Zeit, die Bedeutung seiner Worte zu erfassen, als Barry auch schon ins Zimmer kam. Justin stand auf.

»Hallo, Barry.«

»Hallo, Justin.«

Sie gaben sich die Hand. Justin sagte: »Du kommst wegen Charles.«

»Ja. Gestern spätabends rief uns Gloria hysterisch an, wie nicht anders zu erwarten war. Angeblich hatte sie ihren Vater überreden können, sie ein paar Tage früher zurückfliegen zu lassen, weil sie, wie sie uns versicherte, gewußt hätte, daß es ihn zurück nach Kalifornien zog. Persönlich bin ich der Ansicht, daß er sie mit Geld bestochen hat, damit sie früher abfährt. Jedenfalls war ihr daran gelegen, ihre Version der wilden Ereignisse gestern abend als erste anzubringen. Sie sagte, Charles würde hier sein, sie hätte das aus ihrem Freund herausgekriegt, der es wieder von seinem jüngeren Bruder hatte.«

»Alles durchsetzt mit gegenseitigen Beschuldigungen, nehme ich an.«

»Natürlich. Nichts, was das Herz einer Mutter quälen kann, wurde ausgelassen. Ich wußte, es war ein Fehler, unser Telefon reparieren zu lassen.«

Die beiden Männer tauschten Blicke aus.

Barry wandte sich zu mir. »Das mit Moxie tut mir leid.«

Ich sagte nichts.

»Glaubst du, du kannst diese Prüfung bestehen? Es ist

ein Brief von der Schule gekommen, daß du in zwei Tagen antreten sollst.«

»Er kann bestehen«, sagte Justin.

»Okay, mein Sohn. Gehen wir.«

Ich drehte mich zu Justin um. »Auf Wiedersehen«, sagte ich. Dann setzte ich hinzu: »Danke.«

Justin sah müde und abgespannt aus. Aber er lächelte. »Auf Wiedersehen, Charles. *Vaya con Dios.*«

»Was bedeutet das?« fragte ich Barry, als wir ins Auto stiegen. Er ließ den Motor an. Mickey, der im Gras saß, ließ einen halbherzigen Blaffer los.

Wir begannen, den Weg hinunterzurollen.

Barry sagte: »Das heißt: ›Gehe mit Gott.‹«

12

Ich machte die Wiederholungsprüfung am St. Matthew's und bestand. Zehn Tage später, zum Beginn des Schuljahres, fuhr ich wieder hin. Wie sich herausstellte, hatten Mutter und Barry geheiratet, während sie auf Wohnungssuche waren. Die Zeit zwischen Prüfung und Schulbeginn ging dahin mit dem Kauf neuer Kleidung und Mutters Sorgen über den Umzug in die neue Wohnung. Ich hatte mich auf einen Ansturm mütterlicher Fragen gefaßt gemacht, die ich nicht beantworten wollte, und auf den üblichen von-Mann-zu-Mann-Blödsinn, mit dem es die beiden vorangehenden Stiefväter bei mir versucht hatten. Aber niemand ließ irgendeine Bemerkung fallen.

Damals oder auch später in der Schule dachte ich nicht an Justin. Ich war sehr beschäftigt, und sie hielten uns ganz schön auf Trab. Manchmal, wenn wir in der Klasse etwas durchnahmen, über das er und ich gesprochen hatten, spürte ich, wie er sich am Rand in mein Bewußtsein drängte. Aber ich ging dann immer rasch zu etwas anderem über. Etwa zwei Monate lang fuhr ich ganz bequem mit dieser Methode. Dann, eines Tages irgendwann im November, saß ich in der Klasse und schaute aus dem Fenster zum grauen Himmel und den braunen Ästen der Bäume. Urplötzlich sah ich sie nicht mehr. Der Himmel war strahlend blau, und das Gold der Sonne umrandete die grünen Blätter drüben hinter dem Fenster; ich konnte das Meer unten hören. Ich konnte das angekohlte Holz im Kamin riechen, den Hundegeruch von Mickey, der vor dem Kamin alle viere von sich streckte, den scharfen Salzgeruch von draußen. Ich hörte Justins Stimme und sah sein Gesicht...

Ich kam zu mir, als ich endlich hörte, wie der Lehrer mich erzürnt anschrie.

In dieser Nacht träumte ich von Justin. Es war ein Traum, wie ich ihn schon vorher gehabt hatte. Doch diesmal kam auch Barry darin vor. Er hielt den kleinen Schnappschuß von meinem Vater in der Hand und sagte: »Aber Chuck, *er* ist der Mann ohne Gesicht. Nicht Justin.« Ich schaute das Foto an, und es stimmte. Dort war kein Gesicht zu sehen. Es war nie zu sehen gewesen. Ich hatte mir nur eingebildet, daß es dort eins zu sehen gäbe.

Als ich aufwachte, wußte ich, daß ich Justin sehen mußte. Ich mußte ihm sagen, daß es mir leid tat, mich an jenem letzten Morgen wie ein Schweinehund benommen zu haben. Ich mußte ihn davon überzeugen, wie sehr ich ihn mochte. Die Worte, gegen die ich immer eine Abneigung hatte, stiegen an die Oberfläche meines Bewußtseins: wie sehr ich ihn liebte. Ich hatte keine Angst mehr davor, das zu sagen, mir war nur übel vor Scham, daß ich – wieder einmal – davongelaufen war. Und ich mußte Justin sofort finden, um ihm das alles zu sagen.

Nach dem Vormittagsunterricht, vor dem Mittagessen, machte ich mich auf. Erst am Abend gäbe es wieder einen Appell, bei dem die Anwesenheitsliste überprüft wurde. Ich ging unbemerkt aus dem Tor. Nachdem ich die Hauptstraße erreicht hatte, trampte ich bis zur nächsten Stadt.

Am späten Nachmittag, nachdem mich mehrere Autos mitgenommen hatten und ich lange marschiert war, kam ich bei Justins Haus an. Die Befürchtung, daß er nicht da wäre, stieg in mir auf, als Mickey nicht herangedonnert kam. Das Haus war verschlossen. Ich ging zur Scheune, die ebenfalls zugesperrt war. Ich kehrte zum Haus zurück, fand ein unverschlossenes Fenster und kletterte hinein.

Es war nicht mehr sehr hell, als ich einen Raum nach dem anderen durchstreifte. Ich wußte jetzt, daß Justin nicht hier war, schon lange nicht mehr hier gewesen war. Es ist schwer zu sagen, woran ich das erkannte. Die Möbel waren dieselben. Sein Bett war immer noch bezogen. Aber das Haus strahlte eine Leere aus, die nichts mit der

Möblierung zu tun hatte. Es war fürchterlich kalt. Ein paar Öllampen standen herum, und ich zündete sie an, als es dunkel wurde, weil der Strom abgedreht war. Ich fand ein paar Dosen Suppe in der Küche, schichtete Holz in den großen Küchenherd, heizte ein und wärmte die Suppe auf. Dann trank ich sie und aß dazu ein paar Cracker, die ich in einer Blechdose gefunden hatte.

Ich kann nicht beschreiben, wie schrecklich ich mich fühlte, schlimmer als jemals zuvor in meinem Leben, als ob alle Kälte der ganzen Welt in mir wäre. Und ich konnte niemandem dafür die Schuld geben. Ich glaube, das war einer der Gründe, warum ich mich so elend fühlte. Der andere war die Erkenntnis, die mich aus jeder Wand und jeder Ecke des Raums ansprang: daß ich das, was ich sagen wollte, weshalb ich ja hergekommen war, nie sagen könnte – wenigstens nicht Justin.

Nachdem ich gegessen hatte, holte ich mir meinen Lieblingsband von Terence Blake, um darin zu lesen. Als ich ihn öffnete, fiel ein Zettel heraus. Ich hob ihn auf und faltete ihn auseinander. Es war ein Brief von Justin.

Lieber Charles,
ich bin ganz sicher, daß Du dieses Buch früher oder später aufschlägst, deshalb lege ich diese Notiz hier hinein.

Wie ich Dich kenne, bin ich ziemlich sicher, daß bei Dir eine verzögerte Reaktion wegen jenes letzten Morgens eintreten wird, die Dir viel Schmerz und Gewissensbisse verursachen wird. Laß das nicht zu. Du hast mir etwas gegeben, was ich nie wieder erwartet hatte: Gesellschaft, Freundschaft, Liebe – Deine und meine. Ich weiß, daß Dir an diesem Wort nicht liegt. Aber versuche, keine Angst davor zu haben.

Eine weitere Bitte: Versuche, Deinem Vater zu verzeihen. Er hat sein Bestes getan. Mehr Leute tun das, als Du erkennst. Ein guter Anfang dazu ist es, sich selbst zu verzeihen.

In Liebe für immer
Dein Justin

P.S. Barry ist ein guter Kerl und war für mich ein standhafter Freund, als ich einen brauchte. Versuche, sein Freund zu sein, weil er bereit ist, Deiner zu sein. Wußtest Du übrigens, daß er im Zweiten Weltkrieg als Pilot bei der Luftwaffe war? Er redet nicht viel darüber, würde es aber vielleicht tun, wenn Du ihn fragst.

In jener Nacht schlief ich in Justins Bett und türmte jede Decke auf mich, die ich in der Dielenkommode finden konnte. Der nächste Tag war so kalt und grau, wie ich mich fühlte. Neben dem Kamin im Wohnzimmer lag ein Stapel Holz, und ich machte ein Feuer. Dann aß ich zum Frühstück noch mehr Suppe mit Crackern und dazu eine Dose Spaghetti.

An diesem Nachmittag ging ich die holprige Straße zur Klippe hinauf und schaute über den Rand auf den flachen Felsen darunter. Trotz der beiden Pullover von Justin, die ich gefunden und angezogen hatte, war ich halb erfroren. Es hatte noch nicht geschneit, könnte aber jede Minute losschneien. Das Meer war schwarz. Der Felsen sah einfach wie ein Felsen aus.

An jenem Abend las ich das ganze Buch, aß noch mehr Suppe und eine Dose Mischgemüse und öffnete noch eine Packung Cracker. Am nächsten Morgen wurde ich von Barry wachgerüttelt. Er sah müde, unrasiert und gereizt aus.

»Wegen dir und dieser Dynamitstange namens Gloria«, sagte er mürrisch, »kann ich meiner Anwaltspraxis – ganz zu schweigen von meiner Ehe – nicht mehr meine ungeteilte Aufmerksamkeit widmen. Vermutlich sollte ich dankbar sein, daß Megs einziges Problem – im Moment wenigstens – das Essen darstellt.«

»Und Justin?« fragte ich, obwohl ich völlig sicher war, die Antwort bereits zu wissen.

»Er ist gestorben, mein Sohn, ungefähr vor einem Monat, in Schottland.«

»Warum hast du mir das nicht gesagt?«

»Ich wollte warten, bis du danach fragst.«

»Ich habe mich ihm gegenüber mies benommen.«

»Ja. Aber er hat dich verstanden.«

Es gab da etwas, vor dem ich schreckliche Angst hatte. Aber ich würde es jetzt fragen, nicht erst in einem Jahr. »Hat er... Wie ist er gestorben?«

»An einem Herzinfarkt. Nicht ganz unerwartet. Er hatte schon länger Probleme in dieser Richtung.« Barry stand da und schaute auf mich herunter. »Würde es dir was ausmachen, wenn wir diese Unterhaltung drunten in der Küche beenden? Ich habe Kaffee aufgesetzt. Außerdem bin ich nicht in all diese Decken eingewickelt.«

»Du wirst erleichtert sein, wenn du erfährst«, sagte er über den Küchentisch hinweg, »daß Gloria und Percy geheiratet haben. Ich kann mich des Gefühls nicht erwehren, daß das für sie der Anfang einer ganzen Serie von Ehen sein wird.«

Ich merkte vage, daß Barry Konversation machte, um mir mehr oder weniger über diese Momente hinwegzuhelfen. Ich versuchte, mich daran zu gewöhnen, daß er statt Justin hier war und mir gegenübersaß. Ich wußte, ich würde mich nie ganz daran gewöhnen können.

»Wie geht's Mutter?« fragte ich schließlich.

»Gut. Es wird ihr sogar noch bessergehen, wenn sie weiß, daß du wieder in der Schule bist. Jetzt, wo Gloria verheiratet ist, werdet ihr vielleicht besser miteinander auskommen.«

Barry starrte auf seine Kaffeetasse. »Ich fahre dich zur Schule zurück, Chuck. Du hast weiß Gott genug durchgemacht, um nicht rausgeschmissen zu werden.«

Der Schmerz in mir flammte wieder ein bißchen auf. Ich dachte: Justin auch.

»Es ist nur die Frage«, fuhr Barry hartnäckig fort, »ob du dort bleiben willst?« Er räusperte sich. »Allen herrschenden Meinungen zum Trotz bin ich kein völliger Trottel.

Auch Evans nicht. Er sagte, du könntest diesmal zurückkommen. Aber nicht noch einmal. Ich bin nicht dein Vater. Es hat keinen Sinn, so zu tun, als besäße ich irgendeine Autorität über dich. Und du hast den größten Teil deines Lebens damit verbracht, gegen deine Mutter anzukämpfen. Realistisch gesehen ist es also allein deine Sache, ob du bleibst oder nicht. Du hast die Freiheit zu tun, was du willst. Aber du mußt dich entscheiden.«

So hatte ich jetzt, was ich wollte: Ich war frei.

Barry stand auf, spülte die Kaffeekanne und seine Tasse aus und verließ die Küche.

Du kannst frei von allem sein, außer von den Konsequenzen deines Tuns.

Eine Woge von Elend spülte über mich hinweg. Aber nach einer Weile zog sie sich wieder zurück.

Barry erschien wieder in der Tür. »Also nun? Wo willst du hin?«

»In die Schule«, sagte ich.

Als wir am Wohnzimmer vorbeigingen, blieb ich stehen. »Justins Bücher, die er geschrieben hat. Ich hätte sie gern.«

Barry stand an der Haustür und sah eine Handvoll Schlüssel durch.

»In Ordnung. Nimm sie mit. Sie gehören dir.«

Ich starrte auf die Schlüssel. »Wie bist du eigentlich reingekommen?« Darüber hatte ich noch gar nicht nachgedacht.

»Damit.« Barry hielt einen Schlüssel hoch.

»Er wurde mir als Vollstrecker von Justins Testament übergeben.« Barry schaute mich an. »Die Bücher gehören dir, Charles. Alle. Und dieses Haus. Justin hat alles dir vermacht.«

Mir fiel nichts ein, was ich hätte sagen können, daher ging ich rein und sammelte alle Bücher ein, die ich mitnehmen wollte. Als wir gingen, fragte ich: »Was ist aus Richard und Mickey geworden?«

»Bevor Justin ins Ausland ging, hat er sie zu einem Typ in Vermont gebracht, der sein besonderes Talent ebenfalls zu besitzen scheint.«

»Du meinst, er ist Schriftsteller?«

»Nein. Sein anderes Talent, nämlich mißhandelte und gefallene Geschöpfe zu retten. Einschließlich sich selbst.«

Und mich, dachte ich, als wir durchs Tor fuhren.